写景篇

一口气读懂诗词名句·

人间四季
都是诗

将进酒·黄 主编

SPM
南方传媒

岭南美术出版社

中国·广州

图书在版编目（CIP）数据

人间四季都是诗 / 将进酒·黄主编.—广州：岭南美术
出版社，2023.8
（一口气读懂诗词名句）
ISBN 978-7-5362-7751-9

Ⅰ.①人… Ⅱ.①将… Ⅲ.①古典诗歌—诗歌欣赏—
中国—通俗读物 Ⅳ.①I207.2-49

中国国家版本馆CIP数据核字(2023)第120010号

责任编辑：黄小良　黄海龙
责任技编：许伟群
封面设计：极宇林

一口气读懂诗词名句
YIKOUQI DUDONG SHICI MINGJU

人间四季都是诗
RENJIAN SIJI DOUSHI SHI

出版、总发行：岭南美术出版社（网址：www.lnysw.net）
　　　　　　（广州市天河区海安路19号14楼 邮编：510627）
经　　　销：全国新华书店
印　　　刷：湛江市新民印刷有限公司
版　　　次：2023年8月第1版
印　　　次：2023年8月第1次印刷
开　　　本：880 mm×1230 mm　1/32
印　　　张：5
字　　　数：99千字
印　　　数：1—10000册
ISBN 978-7-5362-7751-9

定　　　价：29.80元

风景是会说话的诗

　　本册以"时光"为主题,是一部写景诗词名句集。内容包括写春夏秋冬四时之景,写大自然里风、花、雪、月、雨、木、山、河,写人间节日节气,以及写看风景的人的心情,看时光流逝时的内心感受。

　　学习古典诗词,学完了能派上用场才是硬道理。写景诗句在这方面有得天独厚的优势。

　　春天来了,"忽如一夜春风来";野鸭在湖上戏水,"春江水暖鸭先知";花开了,"自是花中第一流";月升了,"山月不知心里事";遇黄河,"黄河之水天上来";到长江,"滚滚长江东逝水";看瀑布,"飞流直下三千尺";说雪花,"别有根芽,不是人间富贵花"……

　　看风景的人的心情更是一部厚厚的书。古人感叹时光飞逝,"逝者如斯夫,不舍昼夜";感叹青春将暮,"朝如青丝暮成雪";感叹春光留不住,"无可奈何花落去";感叹人在旅途，"夕阳西下，断肠人在天涯"；王维写重阳节，"独在异乡为异客"；苏轼写端午节，"佳人相见一千年"……

也有写欢喜和闲适时光的，李清照写下雨天赖在床上读闲书，"枕上诗书闲处好，门前风景雨来佳"；慧开禅师写人间岁月，"若无闲事挂心头，便是人间好时节"；大雁在天上飞，李白写"雁引愁心去，山衔好月来"；兰花在郊野开放，北宋词人曹组写"着意闻时不肯香，香在无心处"……

对有心人来说，人间四季都是诗，天下处处皆文章，风景是会说话的诗，诗是多彩又多情的风景。

来吧，开启你的时光美景之旅吧！

第四辑

风花雪月

人间四季

人间四季，春夏秋冬，节日节气，草木荣枯，古人留下了无数美妙诗篇。将日子过成诗，「知否、知否，应是绿肥红瘦」。

树树皆秋色，山山唯落晖

野望

(唐) 王绩

东皋薄暮望，徙倚欲何依。

树树皆秋色，山山唯落晖。

牧人驱犊返，猎马带禽归。

相顾无相识，长歌怀采薇。

◎ 诗临其境

这首诗是王绩在东皋归隐时写下的，时间是在秋季的某个傍晚。当作者在官场漂泊半生，三次入仕又三次退隐后，他终于决定，彻底回归乡间，过着陶渊明般的隐居生活。

于是，在这个萧瑟的秋季，在这夕阳西下的背景下，诗人从东皋山淡淡薄暮下的宁静氛围入笔，将看到的景物都放在了一个安静恬淡的画框中：

树木的秋色、远山的夕阳，牧人与牛犊，猎马与禽鸟，和谐而又统一，牧人和猎人们彼此并不相识，相对无言。此时，诗人不禁想起了气节高尚的伯夷、叔齐兄弟。

◎ 一句钟情

"树树皆秋色，山山唯落晖。"

此二句为我们描写了秋天山林的景色。意思是说，傍晚的时候，"我"站在山上，看到每一棵树都染上了秋天的颜色，每一座山都沐浴在落日的余晖中。

这两句诗纯是写景，摒弃了世俗的喧嚣与骚动，犹如陶渊明笔下的"采菊东篱下，悠然见南山"，带给人宁静的美感。

◎ 诗歌故事

王绩的一生，可以用三个外号来概括。

第一个外号是"神童仙子"。王绩自幼好学，且记忆力惊人，有过目不忘的本领。他在 15 岁时，曾进京干谒，拜访了当时隋朝的宰相杨素，因为应答如流，才气纵横，"一座愕然"，便被大家誉为"神童仙子"。后来，王绩科举登第，任六合县丞，这是一个官小品低的职位，与王绩的期望大相径庭，加上当时天下大乱，王绩心生退意，任官不久便挂冠归家，这是王绩第一次出仕和退隐。

第二个外号是"斗酒学士"。王绩第二次出仕，已经是唐朝了，但他始终没有被实际任用，一直待诏门下省。按照规矩，待诏每日能够给酒三升，王绩的弟弟问他："做待诏快乐吗？"
王绩回答说："良酒三升，让人留恋。"侍中陈叔达听说了，
便给王绩从三升酒加到了一斗，当时人们称其为"斗酒学士"。
但不久，因为躲避宫廷斗争，他又主动退隐了。王绩再一次出
仕时，已经年过四十，他对自己一生的仕途也有了明确的认识
和看法，因此十分豁达，后来因病退隐，便躬耕东皋山下，给
自己取了个"东皋子"的雅号，这首《野望》便是在这时创作的。

第三个外号是"无心子"。王绩晚年归家后，和一位隐士
仲长子光结庐相伴，当时的刺史杜之松，想要结交他，他也毫
不理睬，同乡的人便笑话他因为喝酒而耽误前途，但他却托名
"无心子"，依然我行我素，直到去世都没有再次入仕。

无障碍阅读

东皋（gāo）：地名，是诗人隐居的地方。
徙倚：来来回回地走，徘徊不定。
犊：小牛、小羊，这里代指牛群、羊群。
采薇：薇是一种可以食用的野菜，传说周武王灭
亡商朝后，商朝的遗臣伯夷、叔齐不愿意做周朝
的臣子，便来到首阳山上，采薇而食，最终饿死
在山上。因此，后人便将采薇代指隐居的生活。

作家介绍

王绩（约589—644），字无功，初唐诗人，王绩15岁时，便开始宦游长安，三次做官，又三次退隐，后来躬耕东皋山，自号"东皋子"。王绩的诗句真率朴素，诗风类似东晋时期的陶渊明，他的诗歌深受后世赏识，对唐朝诗坛产生了积极的影响。

佳句背囊

"无边落木萧萧下，不尽长江滚滚来。"
出自杜甫的《登高》，这两句诗集中表现了夔州秋天的典型特征，诗人抬头看到无边无际、萧萧而下的木叶，低头看到奔流不息、滚滚翻腾的江水，生动形象，极具画面感，可谓出神入化之笔。

"斜阳照墟落，穷巷牛羊归。"
出自王维的《渭川田家》，意思是说，在暖暖的夕阳余晖下，牛羊沿着村里的小巷纷纷归来。王维为我们生动地描绘了一幅夕阳斜照下的村落全景图，点染了暮色苍苍的气氛，与王绩的诗句有异曲同工之妙。

本文作者

一位喜欢古典文学却阴错阳差拿了管理学硕士的理工男，大名宋士浩，头条号"诗词曲精品库"，欢迎关注！

草木有本心，何求美人折

感遇十二首（其一）

（唐）张九龄

兰叶春葳蕤，桂华秋皎洁。

欣欣此生意，自尔为佳节。

谁知林栖者，闻风坐相悦。

草木有本心，何求美人折？

◎ **诗临其境**

　　张九龄是汉朝开国功臣张良的后人，唐玄宗时期担任过宰相，是唐朝名相、文学家、诗人。

　　张九龄祖籍广东曲江，也就是今天的韶关市。他当宰相的时候，因为性情直率，得罪了唐玄宗，加上小人的排挤，被贬出了京城。在被贬的途中，他看到身边的景物，不由感慨万千，想到了高贵的兰花，也想到了曲江遍地的桂花，它们默默地开花，散发出自己的香气，让各自生长的春天和秋天，变得丰富多彩，但这是它们自然而然的天性，压根就不是为了得到人们的赞扬或者宠爱，这样的品性，多像张九龄自己呀。

于是他提笔写下了这首《感遇》诗，向世人诉说着他的情怀：

春天里兰草茂盛，秋天里金桂飘香。

它们都在各自适合的季节里，展现出勃勃生机。

那些隐居在山林里的人，闻到它们的香气，纷纷跑来欣赏。

可他们哪里知道呢？兰桂开得这么香，这么好，这是它们的天性，压根不是为了让别人来欣赏，更不是为了让人来采摘的！

◎ 一句钟情

"草木有本心，何求美人折？"

这一句，掷地有声，是全诗的点睛之笔。没有它，整首诗就是单纯地描写景物，有了它，这首诗就成了张九龄的托物言志。兰和桂代表着张九龄：我只想做我自己，不需要观赏者来欣赏，我更不会为了得到美人的宠爱，趋炎附势，迷失自我。

原本普通的花木，成了张九龄的代言人，诉说着他的失意，也诉说着他的铮铮傲骨。

同时这句诗也提醒我们，当我们看到花草树木，要好好爱惜，不要去胡乱攀折，因为"草木有本心，不求美人折"呵！

◎ 诗歌故事

在官场上，很多人习惯了阿谀奉承，随波逐流，为了往上爬不择手段，很少有人能坚持做自己，保持纯良的本性，张九龄就是那极少数之一。

张九龄文才出众，又生得玉树临风，人们用"曲江风度"来赞美他。唐玄宗对他非常欣赏，封他为左拾遗，就是专门寻找政策漏洞的官，相当于现在的监察人员。张九龄喜欢直言不讳，对于自己认为不对的决策，一定会反对，因此经常跟宰相姚崇发生冲突，最终得罪了姚崇，处处受到他的排挤。716年秋天，张九龄无奈辞官归乡。回到老家广东的他，没有消极度日，而是积极主持修建了大庾岭道，相当于古代的"京广线"，第一次将广东和中原紧密地联系起来。

再次出仕，是在两年后，经受了打击的张九龄，并没有学得乖巧，而是一如既往地敢于直言，又得罪了朝中官员李林甫、宇文融等人。几年后，由于跟宰相张说关系好，张说被罢相时，他也受到了牵连，又一次被贬出了京城，直到731年，他最后一次被召回了京城。

凭借出色的办事能力，张九龄受到了唐玄宗的重用，短短三年时间内，他被任命为同书门下平章事，也就是唐朝的宰相，职位越来越高的张九龄，却还是没有学会看大老板的脸色行事。736年，安禄山任平卢将军，讨伐契丹失败，张九龄看出安禄山是奸诈之徒，力劝唐玄宗严肃军纪，将安禄山杀了，唐玄宗却觉得此人忠心耿耿，最终将人放了。后来，安禄山真的起兵造反，应了张九龄的预言。

在人事任命上，张九龄不止一次违背了唐玄宗的意愿，君臣之间的嫌隙越来越大。晚年的唐玄宗沉迷声色，宠信奸臣李林甫，朝政日渐松懈，在他生日那天，张九龄写了一部《千秋金镜录》，作为寿礼进献给他，劝他励精图治。这次，唐玄宗彻底气坏了，737年，他找了个理由，又把张九龄贬出了京城，从此以后，张九龄再也没有回来。

张九龄几次被贬，却从来没有想过明哲保身，始终敢言直言，践行着自己的政治理想，有着宁折不弯的风骨，"草木有本心，何求美人折"，是他最真实的写照。他的诗，他的故事，都启示我们，要保持初心，不要随波逐流，更不要趋炎附势。

无障碍阅读

葳蕤（wēi ruí）：草木枝叶茂盛的样子。

皎洁：这里是形容桂花蕊晶莹、明亮。

欣欣：草木繁茂而有生机的样子。

生意：生气勃勃。

林栖者：栖身于山林间的人，指隐士。

坐：因而。

本心：草木的根与心（茎干），寓意天性。

 作家介绍

张九龄（673或678—740），字子寿，号博物，韶州曲江（今广东韶关市）人。唐朝开元名相、政治家、文学家、诗人。为人有远见卓识，敢于直言进谏，能够选贤任能，不趋炎附势。文学上，对五言古诗的发展贡献尤大。著有《曲江集》，被誉为"岭南第一人"。

佳句背囊

"不要人夸好颜色，只留清气满乾坤。"
出自元代王冕的《墨梅》，这是一首咏梅的诗。诗句表达的意思是，梅花不需要别人夸奖颜色多么好看，只是要将清香之气弥漫在天地之间。跟"草木有本心，何求美人折"有异曲同工之妙。

本文作者

沂溪风，湖南省益阳人，县级作协会员，中国诗歌网蓝 v 作者。自媒体作者，书评人，今日头条文史领域优质创作者，青云计划获奖者，月度优质账号获得者；微博知名读物博主。

岂不罹凝寒？松柏有本性

赠从弟（其二）

（东汉末年）刘桢

亭亭山上松，瑟瑟谷中风。

风声一何盛，松枝一何劲！

冰霜正惨凄，终岁常端正。

岂不罹凝寒？松柏有本性。

◎ **诗临其境**

东汉末年诗人刘桢，是"建安七子"之一。他生逢乱世，遭遇坎坷，因此对现实生活有很深切的感受。他不畏惧曹操等权贵，不肯折节，积极进取，以傲岸的气节创作了这首诗，以此自勉，同时也勉励堂弟坚贞自守，不因外力压迫而改变本性。

虽然全诗未提及希望堂弟应如何做，但咏物言志，借松柏之刚劲，明志向之坚贞，刘桢的感情由表及里，由此及彼，缓缓而深情。

通过这首诗，我们能感受到松柏的秉性坚贞：

松树挺拔耸立在高山上，迎着山谷间瑟瑟呼啸的狂风。

尽管风声是如此的猛烈，但是松树的枝干仍然是如此的刚劲！

任漫天冰霜凛冽严酷，松树的枝干仍旧终年保持端端正正。

难道是松树没有遭到严寒的侵袭吗？不，松柏青翠如故只因为天生有着耐寒的本性！

◎ 一句钟情

"岂不罹凝寒？松柏有本性。"

这句诗运用了设问的修辞，先是自问：难道松柏不怕严寒的侵袭吗？然后回答：松柏之所以不畏惧寒冷，是因为它本来就有耐寒的本事啊。这一回答奠定了整首诗的基调，强调和升华内容，属于点睛之笔，引发读者的思考。

以"凝寒"比作动荡不安的社会，当时汉末政治腐败黑暗，各地军阀据地称雄，国家陷入分裂和动乱之中。以"松柏"喻为自己，刘桢希望能在乱世中遇到明君，施展自己的政治抱负，同时又能保持坚韧的本性，不畏权贵，平等相处。

整句充满了悲凉壮阔之情，缓缓道出无尽的心酸，同时也借此勉励堂弟。

◎ 诗歌故事

心理学有一个从众效应，个体受到群体的影响后，很容易改变自己的观点、判断和行为，朝着与大多数人一致的行为发展。面对艰难险恶的环境，又有多少人能坚守本性和初心，而不选择一边倒呢？

古代有刘桢平视曹丕之妻甄氏，陶渊明不为五斗米折腰，近代有朱自清不吃美国救济粮，现有抗疫一线的医护工作者兢兢业业。2020 年年初疫情暴发，每天新增确诊和死亡人数令我们胆战心惊，家人尽管再不舍得孩子上前线，仍然含泪祝愿平安归来。这不正是"岂不罹凝寒？松柏有本性"的真实写照吗？医护工作者面对可怕的疫情，没有选择退缩，钟南山爷爷得知消息后连夜乘坐高铁奔赴湖北，与大家一起奋战第一线。

尽管他们怕，他们累，医者仁爱之心从未变过。护目镜的雾水、眼睛上的勒痕令人心疼，夫妻擦肩而过却不能拥抱，甚至有的人奋战了无数个日夜，献出了宝贵的生命。松柏在寒风中经受着风霜的严酷考验，仍然保持常青傲然挺立的姿态，成为天地之间一道独特美丽的风景，为这个世界增添色彩。哪有什么岁月静好，不过是有人负重前行。

不管我们年纪尚轻，还是已饱经风霜，至少心中都需要一个信念：不求为天地立心，为生民立命，为往圣继绝学，为万世开太平，只为活得出彩、活得有价值，面对艰难险阻依然能保持初心，不轻易改变自我。

无障碍阅读

亭亭：耸立的样子。
瑟瑟：形容风声。
一何：多么。
罹（lí）凝寒：遭受严寒。罹，遭受。凝寒，严寒。

作家介绍

刘桢（186—217），汉魏间文学家，字公幹，东平（今属山东）人。与孔融、陈琳、王粲、徐干、阮瑀、应场并称"建安七子"，又与曹植并称"曹刘"。诗作刚劲挺拔，曹丕称"其五言诗之善者，妙绝时人"。

佳句背囊

"出淤泥而不染，濯清涟而不妖。"
出自宋代周敦颐的《爱莲说》，莲花从淤泥中长出来，却没受到淤泥的污染，在清水里洗涤过但是不显得妖媚。表达了作者在污浊的环境中，保持自己高洁的品格，兢兢业业守着自己的一份志节。

本文作者

晨希煮义：一名"90后"小饕客。厨房与爱暖人心，柴米油盐皆是诗。

落花人独立，微雨燕双飞

临江仙

(北宋) 晏几道

梦后楼台高锁，酒醒帘幕低垂。

去年春恨却来时，落花人独立，微雨燕双飞。

记得小蘋初见，两重心字罗衣。

琵琶弦上说相思，当时明月在，曾照彩云归。

◎ 诗临其境

　　这首词写的是北宋词人晏几道的心爱之人——小蘋。她在词人的心中占有很重要的位置。写这首词的时候，他与小蘋分离已有一年了。人虽分离，相思却阻不断。在看到眼前旧景象之后，瞬时间，时光交替，眼前物尚在，人却已无踪迹。那对美好过往的留恋又一次占据了他的意识，这种怅然若失的感受无计可消，更使他感到分外孤寂。于是在一次酒醒后，他便写下了这首词：

酒后梦醒，楼台仍在，只门上重重地锁着。帘幕低低垂下，一切都了无生趣的样子。去年春时，分离的场景又一次来侵袭我，让我难过。如今只余我独自站在花下，看细雨朦胧，花瓣飘落，燕子双飞。我至今犹记得，第一次见到小蘋时，她穿着两重心字的罗衣，在我面前的样子。她用琵琶弹出的心事，只有我才能明白她的心意。当时的明月如今仍在，它曾经照着小蘋彩云一般的身影归去。

◎ 一句钟情

"落花人独立，微雨燕双飞。"

这是一个十分写意的画面，如果我们能想象出一组动态画，那应当是这样的：细雨朦胧中，他只是站在花下，看着花静静地落着。空中，低飞的燕，结伴而行。

如果不看全词之间的联系，单看这一句，也实在是一幅唯美的画面。似乎什么都没有说，而一切的情绪却都含在其中了。

词人的思念发生在某次酒后初醒时分。醒时发现，楼台还是那个楼台，只是上了一把锁，分离的场景瞬间涌上心头，好一番愁绪降临。他为什么在酒醒之后会有这么深的相思呢？也许他正是因为此事而醉酒，也许是在梦中又见到小蘋。不过，此时已然分别，他还能做什么呢？他什么都不能做。男子只能独自伫立雨中，看着眼前的景象，满怀心事。倘若我们能看见他的样子，想必相思之苦已是溢出了眉眼。

而这里，不得不提一下的是，这一句并非词人原创，他是从唐末五代时人翁宏的《春残》诗中借来的："又是春残也，如何出翠帏。落花人独立，微雨燕双飞。寓目魂将断，经年梦亦非。那堪向愁夕，萧飒暮蝉辉。"原诗中的这一句，若是单独欣赏也很美，放在诗中却显得有些瘦弱了。而晏几道将这句借来在此处留白，却给这句诗赋予了新的生命。

◎ 诗歌故事

小蘋是词人朋友家的歌女，也有说是其父亲朋友的女儿。二人初识那日，正值妙龄的姑娘小蘋穿着绣有两重心字花纹的罗衣站在词人面前。也许是年轻男女情窦初开，也许是小蘋的样子实在是太让词人喜欢，总之，词人对小蘋留下很深的印象，以至于分离之后都还记得初见时的模样。此后，他们每次见面离别之后，都是深深地相思。小蘋是歌女，她将对词人的思念放进琵琶声中，放进自己的歌声里。两人也是心有灵犀，用音乐就能沟通彼此的相思情。

北宋词人晏几道，出自名门，父亲身居相位。这让他自小便见惯了贵族的奢华，父亲去世后，他的命运几经浮沉，在这期间，见多了世情凉薄，却仍对爱情保持了最初的纯粹。他将这些情都写进自己的词里。所以我们会看到，晏几道的词多写儿女之情。

似乎在他的世界里，爱情像一道迈不过去，也不愿迈过的门槛。而通过这些词，我们也可以看到，在他的心里，情是真挚而热烈的，虽多情却不滥。

作家介绍

晏几道（1038—1110），字叔原，号小山，抚州临川（今属江西）人。宰相晏殊的第七子。一生仕途不顺，后来家道中落；为人个性耿介，不肯依附权贵；擅长作词，多写感伤的情绪。与父亲齐名，时称"二晏"。有《小山词》传世。

佳句背囊

"从此伤春伤别，黄昏只对梨花。"

出自清代纳兰性德的小词《清平乐》。意思是，此后到了暮春时节就会伤感、伤离别。黄昏中，我只能对着梨花空自思念。

词人所表达的情绪既在画面内，又在画面外。特别是"黄昏只对梨花"一句，用了两个意象，一个场景就说出自己的孤寂、失落以及对心爱之人的思念，与"落花人独立，微雨燕双飞"描述的场景和相思之情如出一辙。

本文作者 ————————

月山：头条号"月山手卷"；专注国学十余年，曾在上海最大的国学教育机构做国学老师，并获"上海市长宁区优秀教师"称号。

碧云天，黄叶地，
秋色连波，波上寒烟翠

苏幕遮·怀旧

（北宋）范仲淹

碧云天，黄叶地，秋色连波，波上寒烟翠。

山映斜阳天接水，芳草无情，更在斜阳外。

黯乡魂，追旅思，夜夜除非，好梦留人睡。

明月楼高休独倚，酒入愁肠，化作相思泪。

◎ 诗临其境

这首《苏幕遮》词，是北宋名臣范仲淹所作：

湛蓝的天空，点缀着朵朵白云，金黄的落叶，铺满了苍茫的大地。无边的秋色绵延伸展，与江水连成一线。江面上笼罩着泛着秋意的烟雾，一片空蒙，一派青翠。落日的余晖映照着山峰和江面，绵延至天边，形成海天一色。无边无际的芳草，哪里懂得思乡之人的感情，绵延伸展，直达夕阳之外的天际。

默默思念故乡，黯然神伤，缠绕在心头的羁旅愁思，越来越浓烈，每天除非有好梦才能睡得安稳。千万不要一个人在明月照映的高楼上独自凭栏饮酒，因为就着愁绪喝酒，最后，都化成了思乡的眼泪。

◎ 一句钟情

"碧云天，黄叶地，秋色连波，波上寒烟翠。山映斜阳天接水，芳草无情，更在斜阳外。"

词句描绘了一幅塞外秋景苍茫磅礴，又有些许悲凉的景物图。"夕阳"与"秋色"相映，都是暖去寒来、生气渐弱的意象，极易唤起人们的思乡愁绪。

"芳草"不懂人的思乡之情，但延绵到无边无际。似乎也能把诗人的思乡之情传递到家乡。因为，草木无情人有情。

芳草枯黄，来年还会再生，但人世变换，却没有重来的机会。谁知下一次春草萌发时，征人是否还能看得见呢？

◎ 诗歌故事

范仲淹当时主持防御西夏的军事。在边关防务前线，当秋寒肃杀之际，将士们不禁思亲念乡，于是有了这首借秋景来抒发胸怀的绝唱。

当时，宋朝西北边境局势紧张，西夏党项族首领李元昊，原来对大宋称臣，但随着党项势力渐强，大宋军备日益废弛，李元昊看在眼里，野心也渐大，于1038年称帝，定国号为大夏，并把国内15岁以上的男子都征发为兵，纠集了十万人马，向宋挑衅。

宋仁宗让范仲淹出任陕西路永兴军的知军州事，防御西夏，此时，范仲淹已经52岁，但是忠心报国的热忱不减当年。范仲淹通过实地考察地形、了解民生百态、视察边境、听取守边将士的意见等方式，逐渐有了一整套以防守为主的御敌方针。

范仲淹认为：宋军人数虽多，但缺乏精兵强将，战斗力差；西夏军人少，但兵强马壮，战斗力强。另外，西夏境内山川险恶，沙漠广袤，如果宋兵孤军深入，粮草辎重的运输线太长，很容易遭到敌人骑兵的截击，所以不宜采取深入敌境大举进攻的方针。

同时，西夏虽兵强，但国力薄弱，粮食不足，绢帛、瓷器、茶叶等生活必需品短缺。只要宋军进行经济封锁，同时固守城池。时间一长，西夏经济必然崩溃，他们只能求和。

但此主张遭到当时朝中许多人反对。主战派认为宋军二十万重兵，却只守不攻，是怯懦的表现。而且长期屯兵耗资太大，对西夏应速战速决。结果，主帅韩琦贸然出兵，陷入西夏的埋伏圈，死伤一万多人。之后，宋军又与西夏在定川砦遭遇，宋军全军覆没。

交战失利迫使宋仁宗放弃了进攻方针，改用范仲淹的防守策略。《苏幕遮·怀旧》既是写景，也暗含作者忧国忧民之情。

无障碍阅读

苏幕遮：词牌名。

黯（àn）：黯然，形容心情忧郁，悲伤。

旅思：旅途中的愁苦。

作家介绍

范仲淹（989—1052），字希文，苏州吴县（今属江苏）人，北宋杰出的思想家、政治家、文学家；进士，官至枢密副使，参知政事，曾出任陕西四路宣抚使等，守边多年；1043年发起"庆历新政"，不久即失败被贬。谥号"文正"，世称"范文正公"，有《范文正公文集》传世。代表作有《渔家傲·秋思》《岳阳楼记》等。

佳句背囊

"落霞与孤鹜（wù）齐飞，秋水共长天一色。"此句出自唐朝王勃所作《滕王阁序》。作者以落霞、孤鹜、秋水和长天四个景象勾勒出一幅宁静致远的画面。

本文作者 ——————

历史沧澜，中学历史教师，头条号青云潜力新星，喜欢历史和中国传统文化。

年年欲惜春，春去不容惜

寒食帖

(北宋) 苏轼

一

自我来黄州，已过三寒食。年年欲惜春，春去不容惜。

今年又苦雨，两月秋萧瑟。卧闻海棠花，泥污燕脂雪。

暗中偷负去，夜半真有力。何殊病少年，病起头已白。

二

春江欲入户，雨势来不已。小屋如渔舟，蒙蒙水云里。

空庖煮寒菜，破灶烧湿苇。那知是寒食，但见乌衔纸。

君门深九重，坟墓在万里。也拟哭涂穷，死灰吹不起。

◎ **诗临其境**

　　《寒食帖》（又称《寒食雨二首》）是苏轼的一个书法名帖，是他在被贬黄州时写就的。

　　元丰二年（1079），苏轼任湖州知州时，给皇上写了一封《湖州谢表》。不料被对立派"新党"抓了辫子，说他对皇帝不忠、死有余辜。苏轼因此坐牢 103 天，几次濒临被砍头的境地。幸亏宋太祖赵匡胤曾定下"不杀士大夫"的国策，苏轼得到从轻发落，贬为黄州团练副使。读《寒食帖》，仿佛可以感受到苏轼的愤怒与豪情，他边吟边书：

　　自从我来到黄州，过寒食节已经第三个年头。年年都盼阳春留步，可东风总不肯眷顾。今年连绵雨下个不停，两月来萧瑟如深秋。愁卧中，听说海棠花凋谢，被泥污沾染。谁暗地里偷了花季，趁半夜撬换了时序。我如久病的少年，病好时已白了头发。
　　春江水要冲垮门户，紧一阵慢一阵势头十足。住的草屋像条渔舟，在茫茫水云间漂浮。厨房煮一锅冬菜，破灶里塞着潮湿的芦柴。原本不记得寒食节，直到看见乌鸦嘴叼着纸钱。君主的宫门深九重，想要报效朝廷无法实现；祖坟远隔万里，想要回家也无法到达。也想学阮籍为末路痛哭，可是心已如死灰不再燃烧。

◎ 一句钟情

　　"年年欲惜春，春去不容惜。"

　　这句诗，是苏轼思想里的感叹和焦灼。

　　苏轼的感叹是"欲惜春"，是对时光飞逝，一切再也无法挽回的叹息。苏轼的焦灼是"不容惜"，是被贬黄州，治国远大抱负无法实现的焦虑。

　　如果任时光流走，一切便没有可能。所以他务必在亲近自然中，重整旗鼓，开拓新的人生路。

由于受人监视，为了防止被告黑状，他写《寒食帖》，告诉大家自己生活凄惨。他真实的思想，他的抱负和坚韧，都写到了这句诗里。

这句诗是他对当下人生与命运的感慨。

◎ 诗歌故事

人生难免会有逆境，怎样对待逆境，才是能否成功的决定因素。就像苏轼，即使被降职贬去偏远荒芜的黄州，任一个无权无钱的团练副使，也能自得其乐，奋发图强，这是最值得学习借鉴的地方。苏轼到任黄州后，多次到黄州城外的赤壁游览，写下了著名的《赤壁赋》《后赤壁赋》《念奴娇·赤壁怀古》等，展现了豁达的思想境界。为了解决生活问题，他带领家人开垦坡地，便有了"东坡居士"的别号。他还研究烹饪，又有了美味的"东坡肉"。一个名动京师的大文豪，被贬之后积极应对恶劣的生存环境，解决生活困难，营造生活乐趣，这就是永不言败的精神。

无障碍阅读

黄州：今湖北黄冈。

寒食：寒食节，是清明节的前一天。传说是为纪念春秋的介之推。

乌衔纸：乌鸦嘴叼着纸钱。

作家介绍

苏轼（1037—1101），字子瞻、和仲，号铁冠道人、东坡居士，眉州眉山（今四川眉山）人。北宋著名文学家、书法家、美食家、画家、诗人。宋高宗时追赠太师，宋孝宗时追谥"文忠"。学识渊博，与父苏洵、弟苏辙合称"三苏"；诗与黄庭坚并称"苏黄"；词与辛弃疾同是豪放派代表，并称"苏辛"；散文与欧阳修并称"欧苏"，同为"唐宋八大家"之一。书法与黄庭坚、米芾和蔡襄合称"宋四家"。擅长文人画，尤擅墨竹、怪石、枯木等。作品有《东坡七集》《东坡易传》《东坡书传》《东坡乐府》等传世。

佳句背囊

"一春常是雨和风，风雨晴时春已空。"

出自宋代诗人陆游的《豆叶黄》。"一春常是雨和风"与"风雨晴时春已空"两句，在诗意和时间顺序上形成了呼应和对比，与"年年欲惜春，春去不容惜"有相通之处，都是感慨时光飞逝，在不知不觉中流走，提醒大家珍惜时间。

本文作者 ————

牛江梅，女。笔名百合。头条号"百合写作情感"，关注女性，讲述情感故事、情感观点、情感解忧。

更无柳絮因风起，惟有葵花向日倾

客中初夏

（宋）司马光

四月清和雨乍晴，南山当户转分明。

更无柳絮因风起，惟有葵花向日倾。

◎ 诗临其境

司马光是北宋时期著名的史学家，一部浩繁的《资治通鉴》成为后人"以史为鉴"的典范。其实他还是一位吟歌诵词的诗人，笔下的文字优美生动，创作的诗歌多是借景抒情以言志。

司马光的诗歌所呈现出的这些特点与他的人生经历有很大关系。他入朝为官，曾经有过一段失意低落人生。而作为诗人，他常用诗歌来表现积极向上的情绪，以弥补政治理想无法实现的缺憾，这首《客中初夏》亦是如此。

这首诗所描写的是初夏时刻，由寒逐渐转暖的四月景象。

此时，司马光因与朝中重臣政见相左愤然离开汴京，退居洛阳已多年。

这一天，诗人的心情比昨天舒畅。

一场急雨刚过，天气已经逐渐放晴，诗人站在家门口，一场雨拂去烟云朦胧，而他心中多年积攒的愁绪也拨云散去，紧皱的双眉也难得地舒展开来。

抬头望远，山色越发青翠和秀丽，远处的南山显得分外明净。

诗人长舒一口气，那些令人烦忧四处随风飘荡的柳絮终于不见了，只有自己喜爱的葵花正迎着明媚的阳光努力绽放。

此刻，跨越千年，我们似乎能听到诗人低声的喟叹：初夏真是好。

◎ 一句钟情

"更无柳絮因风起，惟有葵花向日倾。"

这是一句很有分量的诗句，是全诗的精华。如果你仔细吟读，就能听到它铿锵有力的声响。

诗"托物言志"，这句诗在质朴的写景中凝聚着积极向上的情感。

诗人运用了对比和比喻两种修辞手法。"葵花"与"柳絮"，一个向阳而生，一个随风飘舞。两物相比，前者被诗人所钟爱，后者为诗人嫌恶。

在诗中，诗人把"葵花"与"柳絮"比喻为两种人的品性。"柳絮"是那些投机取巧、飘摇不定、随波逐流的小人，而"葵花"是那些立场坚定、理想唯一、忠诚无私的君子。

这句诗也是司马光心性与个性自然而不着痕迹的表达。曾经在朝堂为官，面对政见不同，他不言苟同、不趋炎附势，即便是要历经沉浮、饱尝忧患也不曾改变自己的政治理想，诗人用"葵花"自喻与"柳絮"对比，也是在表明自己坚定不移、忠于君主与朝廷的心志。

◎ 诗歌故事

司马光的前半生充满了传奇，后半生充满了失落。孩童时期，司马光就被誉为"神童"，在我们所熟知的"司马光砸缸"故事中，尽显他的机敏与聪慧。二十岁的时候，司马光高中进士，从此步入顺风顺水的仕途。仕途初期，他因为才华横溢、人品刚正，深得皇帝的宠信，担任过朝廷要职，做过谏官，曾为国家建设提出过很多有利的建议。

而一切的改变，从一场变革开始。中年时期，皇帝任用王安石为宰相，实施变法，而司马光选择了站在昔日好友王安石的对立面。五十三岁的司马光，只能远离政坛，退居洛阳，仕途也陷入了低谷。

虽然官场失意，司马光却并没有消磨掉理想追求。他闲居洛阳，专心著史，十几年的苦心编纂，为世人留下了《资治通鉴》

这部300多万字的惊世之作。

身居现代的我们，并不会像司马光那样卷入政治斗争。但漫长人生，谁也不能保证一辈子都顺风顺水，人生也总会经历起起落落，磕磕绊绊，遇到很多困难与挫折。

那么，当自己陷入人生低谷时，我们应该怎么办呢？

我们不妨学习司马光，追求做一棵有立场、有信仰、有目标的"葵花"，"更无柳絮因风起，惟有葵花向日倾"，在人生选择中，坚守住自己的初心，携梦奋勇前行。

无障碍阅读

客中：旅居他乡作客，指诗人离开汴京居住在洛阳。

清和：天气清新明朗，气候暖和。

南山当户：家门正对着的南山。

惟有：仅有、只有。

作家介绍　司马光（1019—1086），字君实，号迂叟，陕州夏县（今山西夏县）涑水乡人，世称涑水先生。北宋著名的政治家、史学家、文学家，主持编纂了中国历史上第一部编年体通史《资治通鉴》，在中国官修史书中占有极重要的地位。

佳句背囊

"千磨万击还坚劲，任尔东西南北风。"
这一句出自清代诗人郑燮（xiè）的《竹石》，"千磨万击还坚劲，任尔东西南北风"与"更无柳絮因风起，惟有葵花向日倾"都是托物言志的经典妙句，一个是以"竹子"自喻，一个拿"葵花"自比，以此来告诉我们：不管是经历多少次打击与沉浮，做人都要刚正不阿、坚韧顽强，不能忘记自己的初心。

本文作者

刘旭旭，头条号"鲁风遗韵"，弘扬齐鲁民俗非遗，与您分享传统文化知识。

知否，知否？应是绿肥红瘦

如梦令·昨夜雨疏风骤

（宋）李清照

昨夜雨疏风骤，浓睡不消残酒。

试问卷帘人，却道海棠依旧。

知否，知否？应是绿肥红瘦。

◎ 诗临其境

李清照是宋代著名女词人，婉约词派代表。这首词是词人早期作品，语言清新，意味隽永。

李清照与赵明诚夫妻情深，但是新婚不久，赵明诚负笈远游，丢下词人独守空房。词人不忍离别，闺思满怀，又逢满园海棠花开正好，无辜要面临风雨洗劫。她忧思烦闷，惜花爱花，却又无力阻止风雨袭来，只能宿醉一场，酣睡一回，打发这风雨袭来、良人不在的苦闷时光。

在清晨醒来后，词人醉意未消，可是心心念念的却是满园的海棠花。

一夜狂风骤雨后，花残叶乱，词人不忍看顾，遂让卷帘的侍女帮忙探看园中海棠，谁料侍女眼中根本看不到花儿在"雨疏风骤"之后的变化，这让词人心绪难平，遂诘问粗心的侍女。

心思缜密的词人即使不去看花，也已然猜得出窗外的海棠在雨打风吹之后的境况。她伤春远去，叹花凋零，又满怀期待夏天的到来，一颗细腻敏感的心，惜花爱花却又不忍看花凋零的矛盾心理，和深深的闺阁愁绪，在词中表现得淋漓尽致。

这首千古词作，既写出了对春归去的惋惜，又写出了对夏将至的憧憬。既写出了词人对自己青葱年华远逝的嗟叹，又写出了对未来岁月可能会遭遇风雨洗劫的隐忧。

◎ 一句钟情

"知否，知否？应是绿肥红瘦。"

这一句传神生动，又意蕴深刻。

传神生动是因为词人通过对侍女的反问，准确生动地写出了一夜风雨后，海棠花花少叶多的形态颜色变化，又传神地描摹出侍女的无知和自己的惜花爱花，惜春叹春又伤春的无限深情。

句中"绿肥红瘦"四字运用得出神入化，登峰造极，为历代文人所称颂。

绿指叶子，红指花儿，短短四字让我们看到了，花儿在一夜风雨肆虐后色彩的对比，荣衰的对比，更让我们看到了春夏时令的对比，看到了词人惜春归去、惜青葱年华逝去，却又憧憬夏将至，并隐隐担忧未来风雨的微妙心理对比。词人借景抒情、情景相融，以花喻人，人花共命，四字虽短，却语浅意深，奥妙无穷，意蕴深刻，让人叹服。

◎ 诗歌故事

"知否，知否？应是绿肥红瘦"，红硕的花朵再迷人，在春归去，风雨来时，总会红消香残，让人心生怜惜，却无可奈何。

春天的脚步匆匆，任谁也无法挽留。要想留住春天，留住青葱岁月，唯有珍惜美好时光，珍惜当下。

杜秋娘在《金缕衣》中唱道："花开堪折直须折，莫待无花空折枝。"青春年少时，正是一生之中最好的韶华时光，只有珍惜时间，投入学习，才能不辜负这韶华岁月，才能在春归去"绿肥红瘦"时，不枉自嗟叹和伤感。

"知否，知否？应是绿肥红瘦"，这句话，对我的启发除了要珍惜美好时光外，还有如下深刻感悟：能够经风沐雨顽强存活下来的"绿"，只要心怀希望，茁壮成长，最终会像红花一样俏丽可人，让人心生喜爱和敬佩。

"知否，知否？应是绿肥红瘦"这句著名诗词的意蕴，被成功地运用到了 2018 年的热播剧《知否？知否？应是绿肥红瘦》剧中，取得了不俗的成绩。

这部剧里的女主盛明兰，是盛家庶女，聪明伶俐，明媚照人。只可惜她命运多舛，母亲早亡，父亲不爱她，寄人篱下。孤苦无依的明兰，和娇宠尊贵的嫡女相比，就像是用来陪衬红花的绿叶。

然而，花有花的娇宠，叶有叶的葱茏和美好，明兰虽为庶女，置身于钩心斗角的大家族内，遭受着来自姐妹和姨娘的打压，却能够在夹缝中，用聪慧和隐忍顽强地生存下来，不管经历再多风雨，她这片灼灼绿叶始终葳蕤如故。

明兰和小公爷的初恋爱情花朵，虽然明艳如花，红硕可爱，可是在那个等级森严、男尊女卑的时代，始终得不到祝福，得不到永远的绽放，只能在雨疏风骤之后，默默凋谢。

初恋爱情的激情花朵凋谢以后，明兰并没有陷入绝望的深渊，没有了小公爷，明兰却得到了顾廷烨的爱恋，开启了一段堪称盛夏一样的唯美恋情，这场爱，成全了明兰，也让明兰得到了心心念念的幸福。

谁说风狂雨骤后，绿肥红瘦，不是最美的景致？谁说红消香残后，有绿意葱茏相伴，就不是幸福？

季节的变换，无法阻止，人生的风雨，无法预测，命运的多舛，无法想象，可是有了一颗从容淡定、勇敢聪慧、乐观坚忍的心，不管经历多少的风雨，不管遭受多少的挫折磨难，最终都能为自己赢来人生的幸福，赢来美好的明天。

无障碍阅读

雨疏风骤：雨点稀疏，晚风急猛。

试问：试探着询问。

卷帘人：大多数学者认为是侍女。

绿肥红瘦：绿叶繁茂，红花凋零。

作家介绍

李清照（1084—约 1155），号易安居士，齐州章丘（今山东济南章丘）人。宋代女词人，婉约词派代表，有"千古第一才女"之称。创作理论上，提出词"别是一家"之说；作品独树一帜，被称为"易安体"；有《漱玉词》。

佳句背囊

"花褪残红青杏小"，出自北宋著名文学家苏东坡之手，其中"花褪残红"和李清照的"绿肥红瘦"有异曲同工之妙，然而李清照的词更显女性天真烂漫气息，丝毫不逊色于苏东坡的词。

本文作者

幽兰公主，中文在线数字出版集团签约作家，郑州市作家协会会员，优质情感领域创作者，已签约上架六本书，纸质出版文集《兰若心香》。

残红尚有三千树，不及初开一朵鲜

题桃树

（清）袁枚

二月春归风雨天，碧桃花下感流年。

残红尚有三千树，不及初开一朵鲜。

◎ 诗临其境

　　袁枚倡导灵性写诗，他的文字都非常有个性，主张要直抒胸臆，诗文应表达出诗人个人的性情和际遇来。

　　袁枚 33 岁时因父亲生病亡故，便毅然决然辞官回乡奉养老母。他为了老母亲居住的舒适，在当时的江宁，即现在的南京市买了隋氏的一处荒废已久的园子，改名为"随园"，足见其生性疏阔洒脱。因此世人称其为随园先生。

　　某年初春，袁枚一觉醒来到园子里散步，发现这里刚经历过一场风雨，预示着春回大地万象更新，诗人独自站在碧桃树下，一时感慨万千，感叹时光荏苒，昔日少年郎今已白发翁，流年如水。树上还有残留的花朵，被一场春雨打得飘零陨落，虽然还是红彤彤的颜色，但却没有枝头最初开的那一朵桃花鲜艳了。

诗人托物言志，表达了时光一去不复返，人生绝好的岁月还是如同初绽桃花一样的少年时光。

◎ 一句钟情

"残红尚有三千树，不及初开一朵鲜。"

这句诗，用对比的手法，表达了诗人对时光易逝的感叹。

"三千树"是夸张手法，并非确指，用来形容风雨过后落花无数。

其实风雨后的碧桃林也别有一番风景，但是诗人透过碧桃树的花开花落，看到的是其所展示出来的时光流转，"残红"两个字也突出了碧桃花期即将到达尾声的意思。

诗人用"三千树"和"一朵"对比，"残红"和"鲜"对比，突出了后者的魅力。好东西不在于多，所以虽然残红尚有三千树，却不及初开一朵鲜。表达了对于人生短短百年时光，青春逝去就一去不返的感叹。读诗深思后，当珍惜少年时。

◎ 诗歌故事

当年不懂《题桃树》，看懂已非少年人。

我们年轻的时候，总以为人生还长着呢，不急于一时，然而当人到中年时却发现有很多梦想都还没有实现，时间都被浪费在了无所谓的事情上，比如打游戏、逛街、看小说等等。

袁枚年轻时就非常向往山水园林之行，但因遵循古之先贤"父母在，不远游"的教诲，一直到他 67 岁高龄时，母亲的丧期服完后，才开始山长水远的旅行，在旅行中留下颇多佳作传于后世。

67 岁这年，他一路去了天台山、雁荡山、黄龙山等名山。68 岁时，踏足黄山观云海。69 岁，他不觉得自己老了，选择去探秘涉足更远的地方，自正月出发，直到腊月底才回家，一路从江西庐山游玩到广东的罗浮山、丹霞山，后来又辗转到了广西桂林，最后选择经永州顺路游览南岳衡山后，才恋恋不舍地回家。71 岁去攀登武夷山，73 岁游江苏沭阳，77 岁再游天台山，79 岁三游天台山，80 岁仍然不愿意停下脚步，又去游历吴越山水，即便是 81 岁高龄时，还曾出游吴江，当时有人称赞他"八十精神胜少年，登山足健踏云烟"。

从袁枚晚年这些游历山水的经历可以看出来，他心中虽然怀念少年青春，感叹时光易逝，写下了"残红尚有三千树，不及初开一朵鲜"的佳句，但更懂得活在当下的道理，时光一去不复返，人虽然不能永远拥有少年时的身姿和容颜，但是却可以一生保持年轻的心态。

袁枚（1716—1798），字子才，号简斋，晚年自号仓山居士、随园主人、随园老人等。钱塘（今杭州）人，祖籍浙江慈溪。清代乾嘉时期代表诗人、散文家、文学批评家和美食家。与赵翼、蒋士铨合称为"乾嘉三大家"（或江右三大家），又与赵翼、张问陶并称"性灵派三大家"，为"清代骈文八大家"之一，文笔与大学士直隶纪昀齐名，时称"南袁北纪"。

"花有重开日，人无再少年。"
出自宋代诗人陈著的《续侄溥赏酴醾劝酒二首》其一，与"残红尚有三千树，不及初开一朵鲜"有异曲同工之妙，都是借对于花开花落时光一去不返的感叹，来烘托出对人生少年时光的怀念之情，借此告诉年轻人，当珍惜青春时光。

本文作者 ————————————————

墨久歌，为墨香沉醉的抒写者。

岁月悠悠

岁月是一首歌，有人成长，有人老去，有人期待将来，有人留恋过往；有人收获喜悦，有人空自叹息……

南宋慧开禅师的这句诗最有岁月中摸爬滚打出的人生智慧，深得人心：「若无闲事挂心头，便是人间好时节」。

雁引愁心去，山衔好月来

与夏十二登岳阳楼

（唐）李白

楼观岳阳尽，川迥洞庭开。

雁引愁心去，山衔好月来。

云间连下榻，天上接行杯。

醉后凉风起，吹人舞袖回。

◎ 诗临其境

这首五言律诗写于唐肃宗乾元二年（759）秋，是李白遇赦由江夏游洞庭湖时登岳阳楼而作。诗人以一种轻快的笔调描绘出登岳阳楼极目远眺天岳山之南所见到的景象和洞庭湖一带的水天一色，表现出遇赦后轻松喜悦的心情以及乐观豁达的胸襟。

首联诗人用一个"尽"字将俯瞰岳阳楼，美景尽收眼底所带来的视觉震撼完美地表现出来。洞庭湖北连长江，"迥""开"让人感受到长江磅礴的气势，也侧面体现诗人站在高处，所以才能看得远。

颔联"雁引愁心去，山衔好月来"，意思是大雁展翅高飞，将我的愁绪引去，远处的山峰又衔来一轮好月。

颈联写诗人与朋友宴会的场景，"云间连下榻，天上接行杯"运用夸张的手法，不仅烘托出岳阳楼高耸入云的状态，同时也突出和朋友在一起的喜悦之情。

尾联的意境十分优美，饮酒之后带着醉意起舞，习习凉风吹拂着衣袖，气韵生动，富有生活乐趣。

全诗浑然天成，感情真挚，就像明代徐用吾在《唐诗分类绳尺》中评论的那样："情中含情，飘飘欲举。"

◎ 一句钟情

"雁引愁心去，山衔好月来。"

这句是全诗的点睛之笔，它并不是对客观事实的直接描述，而是写出了诗人自己的主观感受，想象新颖。"引"和"衔"是全诗的诗眼，写得生动传神。除此之外，最重要的是这句诗的内在含义，写这首诗的时候恰逢诗人遇到赦免，站上岳阳楼，看到广阔的世界，自己的烦恼苦闷瞬间就变成了一件小事。这句诗不仅让人感受到意境美，而且可以体会到豁达乐观的心态和纯粹的开心。

◎ 诗歌故事

诗仙李白是旷世奇才，在当时几乎没有人不知道李白的名字，就连玄宗皇帝也十分喜爱李白的诗赋，每有宴乐郊游，必要李白侍其左右。人生如浮萍，飘飘散散，可以说李白的前半生潇洒自由，但是好景不长，没过多久"安史之乱"爆发，李白也不幸入狱。

唐肃宗乾元二年，也就是公元759年，因为关中地区遭遇大旱，朝廷宣布大赦，李白经过长期的颠沛流离终于获得了自由。这个时候他与友人夏十二一起登上岳阳楼，尽管经历了世事沧桑，但是面对这湖光美景，他流露出的是纯粹的喜悦和积极的心态。

正如英国作家爱·摩·福斯特所说："一个青年人郁郁寡欢，只因为世事难以适应。"在生活中会有各种各样的难题，这些事情也许会给你带来困扰，让你感到烦闷，但它们却是人生的必经之路，我们要用一颗乐观的心去面对。

像李白那样，"雁引愁心去，山衔好月来"。站在高耸入云的楼阁之上，看着远处的烟波浩渺，把烦心事寄给月亮。

无障碍阅读

夏十二：李白的朋友，排行十二，名字生平皆不详。
岳阳楼：位于湖南省岳阳市，下临洞庭湖，前望君山。
迥（jiǒng）：远。
开：开阔，这里指洞庭湖水广阔无边。

下榻：寄宿。

行杯：传杯而饮。

回：回荡，摆动。

作家介绍

李白（701—762），字太白，号青莲居士，唐代伟大的浪漫主义诗人，被后人誉为"诗仙"。与杜甫并称"李杜"。代表作有《望庐山瀑布》《行路难》《蜀道难》《将进酒》《早发白帝城》等。

佳句背囊

"吴楚东南坼，乾坤日夜浮。"

出自唐代诗人杜甫的《登岳阳楼》，是登楼抒怀之作。浩瀚的湖水像把吴楚东南隔开，天地似在湖面日夜漂荡一般。诗人用短短十个字概括出洞庭湖的辽阔，写景中渗透着家国情怀，意境高远。

本文作者

赵旸："你知我是少年的仙人"，希望你可以在我的文字里找到共鸣。

无可奈何花落去，似曾相识燕归来

浣溪沙

（北宋）晏殊

一曲新词酒一杯，去年天气旧亭台。夕阳西下几时回？

无可奈何花落去，似曾相识燕归来。小园香径独徘徊。

◎ 诗临其境

晏殊是北宋名臣，也以词闻名文坛。

晏殊是"太平宰相"，他生活的时代，宋王朝整体上政通人和、国泰民安，经济、文化等各方面都得到了发展、繁荣。晏殊在这样一个清平盛世中，仕途得意，日子过得满足惬意、波澜不惊，常常跟好友相聚宴饮，对功名事业也没有强烈追求。因此，他的词中少有关乎家国天下、忧国忧民的沉郁悲愤，也少有抒发雄心壮志、豪情万丈的慷慨激昂，而更多的是对日常生活的描写与思考，对自然和人生的观照：

写一首新词之时，斟一杯美酒，天气还似去年，亭台依然如故。眼看夕阳在西边落下，不知它何时能再升起？

对于花朵的凋谢，我无法阻止，又看到归来的燕子，我却觉得好像曾经认识。眼前的景象让我感触颇深，我只好在充满花香的小径上，独自来回走动，沉思徘徊。

◎ 一句钟情

"无可奈何花落去，似曾相识燕归来。"

"花落去""燕归来"是春天常见的景象，"无可奈何""似曾相识"是词人的主观感受。

暮春花落，跟黄昏日落一样，是人力难以改变的自然现象，令词人不禁惋惜伤痛；燕子飞回，与旧日亭台一般，是往昔历史的重现，又带给词人些许欣慰。

世事变幻，人生无常，恰如花开花落，在时间的流逝中一去不回；四季更迭，历史轮回，还似燕去燕归，在宇宙的长河中循环往复。

美好的事物往往无法永恒，令人惆怅。然而，我们不能沉浸在这种悲伤中消极度日，而是应该坦然接受大自然的这种规律，怜取眼前、珍惜当下，同时展望未来。因为，在美好消逝后，还会有新的美好出现。

经济学中有一个理论叫作"损失厌恶"，大概可以理解为，失去的痛苦会大于得到的快乐。这个理论合理解释了一种现象：人们容易对已经失去或者可能失去的东西抱有一种执念，费尽心思，千方百计，不惜一切都要阻止它的消逝，或者是重新获得。然而，结果往往是徒劳。

正确的做法应该是，不要纠结于"花落去"，并转而将注意力放到"燕归来"上面。

◎ 诗歌故事

关于"无可奈何花落去，似曾相识燕归来"，还有一个故事。

据《复斋漫录》记载，一次，晏殊路过扬州，因闻扬州县尉王琪的才名，便请他共同进餐。饭后，两人一起散步。

晏殊对王琪说："我之前得一句'无可奈何花落去'，想了很久，却至今没有想出对句。"

王琪稍微思索，便说道："何不用'似曾相识燕归来'呢？"

听完王琪的回答，晏殊不禁拍手称赞。就这样，诞生了千古名句。

出于爱才的心态，晏殊后来还举荐王琪在朝廷中担任官职。

由此看出，晏殊不仅自己身怀绝世之才，还知人善任、奖掖后进，对于文坛的发展贡献了自己的一份力量。

晏殊不嫉贤妒能，心胸宽广，可能正是因为如此，他才能写出令人忍不住沉思、回味无穷的千古词作吧。

无障碍阅读

一曲：一首，由于词是配合音乐唱的，故称"曲"。

无可奈何：没办法，不得已。出自《战国策·燕策三》："太子闻之，驰往，伏尸而哭极哀。既已无可奈何，乃遂收盛樊於期之首，函封之。"

似曾相识：好像曾经认识，形容见过的事物再度出现。后用作成语，即出自晏殊此句。

徘徊：来回走。

作家介绍

晏殊（991—1055），字同叔，抚州临川人。北宋著名文学家、政治家。官至宰相，谥号元献，世称晏元献。以词闻名于文坛，与其子晏几道被称为"大晏"和"小晏"，与欧阳修并称"晏欧"。存世有《珠玉词》等。

佳句背囊

"年年岁岁花相似，岁岁年年人不同。"

出自唐代刘希夷《代悲白头翁》，诗句中带着"花有重开日，人无再少年"的无可奈何。与晏殊的"无可奈何花落去，似曾相识燕归来"都揭示人生易逝、宇宙永恒的客观规律。

本文作者

平儿：我不是《红楼梦》里的平儿，我是聊历史的平儿。

泪眼问花花不语，乱红飞过秋千去

蝶恋花

（北宋）欧阳修

庭院深深深几许，杨柳堆烟，帘幕无重数。

玉勒雕鞍游冶处，楼高不见章台路。

雨横风狂三月暮，门掩黄昏，无计留春住。

泪眼问花花不语，乱红飞过秋千去。

◎ 诗临其境

欧阳修是北宋文学家，谥号文忠，世称欧阳文忠公。他是北宋诗文革新运动的领袖，其作品细腻优雅，文风自然。

这首《蝶恋花》多被解读为描写深闺少妇寂寞忧伤的词作。但在笔者看来，那只是诗词字句的表象，如果要深度解读一首诗词，除了诗词本身，还应该从当时的历史背景、诗人的人生际遇等方面来深入解析。

就这首《蝶恋花》而言，透过欧阳修细腻的笔触，我们仿佛看到一个深闺女子寂寞孤独的立体画面：

她独自守着深深的庭院，在重重叠叠的帐幔后，思考人生的前路，心上人流连花丛，她登高远望却看不到未来。狂风暴雨过后，黄昏将至，春光已逝，她只能流着泪跟落花说话，只可惜花不懂人情世故，随风飘然远去。

古代女子深为"在家从父，出嫁从夫"的思想所累，出嫁后便将自己的未来寄托在了夫君身上，遇到懂得爱和珍惜的男子自然是好，但十有八九都只能在深闺的无尽等待中了却余生。这是对当时的社会环境下，男女不平等的一种抨击，女子没有社会地位，所以不得不成为男人的附庸。

◎ 一句钟情

"泪眼问花花不语，乱红飞过秋千去。"

这句诗虽然看上去意境低沉压抑又无奈，但换个角度恰恰突出了一种隐含的希望。

欧阳修笔下的这个深闺女子，人虽然被封锁在深深的庭院中，于重重帐幔后独自忧伤，却也心知时光易逝，人终究不能永远年轻，所以才有了登高望远，思考人生的举动。只可惜封建社会里的女子，受礼教束缚，思维无法拓展开来，所以才有了"泪眼问花花不语，乱红飞过秋千去"的感慨。

这句感慨背后，是深闺少妇对于花儿的羡慕，对于自由自在生活的向往之情。花儿虽然因为风雨而凋零了，但落下的花瓣至少可以随风远去，飞过秋千，飞过围墙，飞到广天阔地里去，自由自在的，不必被囚禁深闺。

从这一句不难看出这位少妇的反抗意识正在萌芽苏醒，或许下次飞出庭院深深的就不是落花，而是她自己了。

◎ 诗歌故事

像欧阳修的《蝶恋花》这种题材的诗词，被称为闺怨诗词，主要描写女子深闺幽怨情感。又因为创作这一类型诗词的大多是男作者，所以他们又被称为"深闺代言人"。

在传统封建礼教的束缚下，女子大多沦为牺牲品，为了家族乃至国家的兴衰，被父母兄弟许配给完全没有见过的丈夫。有关这个跟自己共度一生的男人，他的脾气秉性、爱好、价值观都不清楚，十有八九在嫁过去后，都会像《蝶恋花》中描写的女子一样，在深深庭院、重重帐幔里，悲春伤秋，感慨人生，然后孤独老去。

好在，在这首词的最后，有了那句"泪眼问花花不语，乱红飞过秋千去"，给人以或许这女子有一天会选择冲破枷锁，走出深深庭院，去自由自在地生活的一种希望。

生在男女平等的现代社会，对于女子来说真的是一种幸福，可以自由恋爱，可以选择嫁给自己所爱的人，可以从事自己喜欢的事，所以更该珍惜拥有，活在当下。

无障碍阅读

堆烟：形容杨柳生长得比较浓密。
玉勒：由玉石做成的马衔。
游冶处：指烟花柳巷歌楼妓院。

作家介绍

欧阳修（1007—1072），字永叔，号醉翁，晚号六一居士，江西庐陵（今江西吉安）人，北宋政治家、文学家，谥号"文忠"，世称欧阳文忠公。他领导了北宋诗文革新运动，继承并发展了韩愈的古文理论，开创了一代文风，与韩愈、柳宗元、苏轼、苏洵、苏辙、王安石、曾巩合称"唐宋八大家"，并与韩愈、柳宗元、苏轼合称"千古文章四大家"；主修《新唐书》，独撰《新五代史》。有《欧阳文忠公集》传世。

佳句背囊

唐代诗人温庭筠所著的《惜春词》中有一句"百舌问花花不语"，严恽的《落花》里也有"尽日问花花不语"，跟欧阳修的这句"泪眼问花花不语"有异曲同工之妙，都是表达对着花讲话，感叹等不到回应的孤独心情。

本文作者

墨久歌，为墨香沉醉的抒写者。

枕上诗书闲处好，门前风景雨来佳

摊破浣溪沙

（宋）李清照

病起萧萧两鬓华，卧看残月上窗纱。豆蔻连梢煎熟水，莫分茶。
枕上诗书闲处好，门前风景雨来佳。终日向人多酝藉，木犀花。

◎ 诗临其境

宋代女词人李清照，为婉约词派代表，有"千古第一才女"之称。

这一首是李清照晚年所作的小词。生逢靖康之难，家国飘零乱世之人，丈夫赵明诚已故，再嫁遇人不淑，经历了离异系狱的不幸。晚年李清照生活很清苦，意志却并未消沉，其诗词创作的热情犹在，只是更趋理性恬淡了。

在一个月残星稀的夜晚，久病方缓的李清照披衣而起，写下了这几行娟秀的文字：

借着月光照影，发现自己两鬓已经稀疏，病后又添了不少白发；卧在床榻上看着残月照在窗纱上。

沏一碗豆蔻煎煮的汤药饮之，便不用强打精神去饮茶了。

半靠在枕上读读书来消磨时光，是多么舒适惬意的事情，门前雨中的景色更有美的意境。

能整日陪伴着我的，只有那深沉含蓄的木犀花了。

◎ 一句钟情

"枕上诗书闲处好，门前风景雨来佳。"

此一句词，平淡而清新，门外风雨添作景，枕上读书闲处雅。读书乐原为寻常自然之情，淡淡推出，却起扣人心弦之效。饱经沧桑的词人，不再有细雨点点滴滴触不尽的哀愁，大病初愈能安安静静地读书写诗，有"又得浮生半日闲"般淡淡的喜悦。正是词人有随遇而安，处变不惊之心，才能静静地享受这读书的妙处。"闲处好"一是说这样看书只能闲暇无事才能如此；一是说能看点闲书，消遣而已。对一个成天闲散在家的人说来，偶然下一次雨，那雨中的景致，却也较平时别有一种情趣。

这样一首委婉动人的抒情小词，写的不过是病后的生活情状，清新动人之处在于，作者懂得欣赏和珍惜眼前拥有的一切，能观书、写诗、赏景是快乐的，而非言长期卧病在床的痛苦，一味地哀叹与悲愁之绪。此词格调轻快，心境怡然自得，与同时其他作品很不相同。

◎ 诗歌故事

李清照出身于书香门第，其父李格非藏书甚富，她从小爱读书作诗。她婚后与丈夫赵明诚志同道合，长期致力于书画金石的收集和整理。在太学读书的赵明诚，当初一、十五告假回家与妻子团聚时，常先往当铺典当几件衣物换点钱，去相国寺市场买些喜爱的碑文，一起展玩研究为乐。二人先后收集了不少古籍金石文物，可惜"靖康之难"后，家国飘零，颠沛流离中，文物散失大半。

回首向来萧瑟处，李清照晚年以读书为趣，正是人间有味是清欢，感叹世上唯有读书好。可不要小看了这一个"闲"字，古往今来多少帝王将相、王孙公子，或权重一方，或富甲天下，未必有这片刻的清静。悠闲地靠在枕上，随意地阅读诗篇，心情是无比的舒适美好；下雨的时候，门前的风景更加优美了。

一个人一生会遇到各种各样的挫折，从阅读中得到喜悦，是获得精神慰藉的重要途径。

佳句背囊

"寒夜读书忘却眠，锦衾（qīn）香烬炉无烟。美人含怒夺灯去，问郎知是几更天。"
出自清代袁枚《寒夜》一诗。意思是说，虽然有美人相伴，莫若读书有趣。

本文作者

王良芬，传统文学爱好者及多平台文化领域优质创作者。头条号"元元的天下"。

和羞走，倚门回首，却把青梅嗅

点绛唇

（宋）李清照

蹴罢秋千，起来慵整纤纤手。

露浓花瘦，薄汗轻衣透。

见客入来，袜划金钗溜。

和羞走，倚门回首，却把青梅嗅。

◎ 诗临其境

李清照，号易安居士，是宋代著名的女词人，其词情思婉转、韵致天成，是婉约派的领军人物。她出身于贵族家庭，父亲李格非文才卓然，母亲亦是名门闺秀，在父母优良基因的孕育下，成为天资不凡的女子。

少时的清照家境优越、父母开明，过着无拘无束、简单快乐的日子，像普通女孩子一样，赏花、品茶、荡秋千……日子安闲而幸福。那一日，阳光正好，微风不燥，她坐在秋千架上享受放飞的自由，忽然有客人闯入，慌乱中写下这样的词句：

荡罢秋千，些微有些倦意，懒懒地揉着酸软的纤纤素手。

花瓣上露珠莹然，汗水打湿了薄薄的衣衫。

忽听家仆引着客人到访，慌乱间青丝散乱，金钗坠地，跑掉了鞋子，只以袜着地。

急行间忍不住好奇，伫立门边，装作抚弄青梅的样子，偷偷回头打量来客。

◎ 一句钟情

"和羞走，倚门回首，却把青梅嗅。"

这句词将少女情态刻画得纤毫毕见：想要大大方方地打量来人又害羞，不看又抵不过好奇之心，于是心生一计，借嗅梅子的动作打掩护，以窥来人面貌。这般情态，非天真无邪、明媚娇憨的少女不可。

◎ 诗歌故事

清照少时已颇有才名，加之品貌端妍、家世清白，想与之缔结姻缘的才俊不在少数，致使李府门庭若市，热闹非凡。好在父亲乃有识之士，一心想要为爱女择一品貌俱佳之婿。

因缘际会、佳偶天成，赵挺之的三子赵明诚早已被清照的才名折服，想一睹佳人芳容。据说一日明诚做了一梦，梦中诵一诗，醒来只记得三句："言与司合，安上已脱，芝芙草拔。"明诚百思不得其解，于是前去请教他的父亲，赵挺之思索片刻，笑道："看来我儿要娶一位能文词妇了。"原来这三句诗正应"词女之夫"四字。看来，这段姻缘果真是命中注定。

一次偶然的机会，明诚得以窥见清照的容颜，一见倾心，终日恳求父亲为他促成这门亲事。父亲感其诚，亲允此事，李格非亦爱重明诚的品貌才华，欣然应允。

于是便有了开篇那一幕：一向淡定从容的清照如此失态，或许就是已感知到那日的来客牵系着自己一生的幸福吧，所以才这般遮遮掩掩、欲见还休。

二人虽是父母之命、媒妁之言，但好在志同道合、两心相许，婚后过着蜜里调油的日子，共研金石、赌书品茶、对酒赏花，好不快活。若世间真有神仙眷侣，就该是他二人的模样吧。

那时的清照，满心满眼都是明诚，字里行间都是满溢的幸福。若时间定格在那时该多好，没有苦涩与别离，没有国难与家变，清照就能一直做一个明媚鲜妍、活泼娇俏的女子。

可"世间好物不坚牢，彩云易散琉璃脆"，命运之手翻云覆雨，眨眼之间便倾覆了清照的生活。元祐祸起，李清照的父亲被牵连，清照被迫归宁，与明诚经历了漫长的分离，相思难遣，只能化为一首首相思之词。时逢国难，夫妻二人随着政治局势的动荡分分合合，颠沛流离，后明诚病亡，二人的故事惨淡收场。

丧夫之后的清照晚景凄凉，孤苦无依，她将自己锁在思念中度日如年，好在还有曾经的回忆陪着她：初遇时的惊鸿一瞥，婚后的琴瑟和鸣，屏居青州时的亲密无间……那段与明诚有关的时光，像粲然绽放的烟花，为她往后的灰暗天空增添了一抹亮色。

无障碍阅读

点绛唇：词牌名。

蹴：踏。此处指荡秋千。

慵：懒，倦怠的样子。

袜刬：这里指跑掉鞋子以袜着地。

金钗溜：意谓快跑时发饰从头上掉下来。

佳句背囊

"见客入来和笑走，手搓梅子映中门。"

出自唐代诗人韩偓的七绝《偶见》，其中"见客入来和笑走，手搓梅子映中门"与"和羞走，倚门回首，却把青梅嗅"意境相仿，但不如李词含蓄蕴藉。

本文作者

灰灰情感漫漫谈："90后"乡村教师，身处"柴米油盐酱醋茶"，心羡"琴棋书画诗酒花"。

若无闲事挂心头，便是人间好时节

颂平常心是道

（南宋）慧开禅师

春有百花秋有月，夏有凉风冬有雪。

若无闲事挂心头，便是人间好时节。

◎ **诗临其境**

这是一首禅诗，出自《无门关》（又称《禅宗无门关》）第十九则，作者是南宋无门慧开禅师。全诗共 28 个字，大致意思是：

一年四季，每个季节有每个季节的美，春天有百花秋天有明月，夏天有凉风冬天有瑞雪。如果能没有闲事烦心，没有忧思悲恐缠绕心田，那么每年每季每天都将是人间最好的时节。

◎ **一句钟情**

"若无闲事挂心头，便是人间好时节。"

这句诗通俗易懂，于禅理中道尽悠然自得的平常心态。

其实四季的更迭交替如同我们生老病死的一生，若能将生死与宠辱得失看淡看轻，就能感受夏花的绚烂，秋叶的静美。

若是有了超然的平常心态，每时每刻都是人间好时节。真正的道就是平常心，要遵循自然规律，顺其自然，这样才能享受生命之美。

◎ 诗歌故事

诗人中有这样一类特殊群体，他们参禅礼佛又通晓文艺，看透百态人生后作诗聊以寄之，这样的诗人叫诗僧。不论是唐代的书法家怀素和尚，还是因与苏东坡文字应酬较多而被后人传颂的佛印禅师，抑或是写下最美情诗的仓央嘉措，他们都用超然的心态写下顿悟之词。其中，宋代慧开禅师的《颂平常心是道》更是写尽人生超然的态度，最为今人所爱颂。

早年间慧开禅师一直在寻师访道的路上，后来终于在江苏平江府万寿寺遇见月林师观禅师，跟随禅师参"无"字话头。慧开对着"无"字痴痴研究，四季往复已六载。某天，一派丽日高照的气象，慧开看到此情此景高唱偈颂："青天白日一声雷，大地群生眼豁开。万象森罗齐稽首，须弥𨁝跳舞三台。"

第二天，慧开迫不及待地将自己的答案告知师父，恳请其印证。两位禅师一答一问之间也展现了禅的智慧：月林看到慧开的偈子，不但没有赞叹，反而高声大喝道："你在何处见到鬼又见到神了？"慧开也当仁不让大喝一声，月林又做狮子吼，慧开面无惧色又大喝。师徒这时才相顾而笑，笑声交织成一片久久回荡。看来，禅有时需要不惧不退的大勇才能承担，大勇方有大智。

开悟后慧开禅师将历代禅宗重要的公案精选汇编，从而便有了《无门关》一书，而《颂平常心是道》是其中一则。

如今来看，年轻时我们很难拥有如此圆满的平常心态：学生时代我们一直在追梦，不停努力着；毕业后开始在各自的岗位上努力绽放，不负青春；成家后背负责任为家庭所爱打拼着。我们一直带着使命在生命的这条单行线上奔跑着，事事若怀揣平常心又谈何容易？

星光不问赶路人，岁月不负有心人。浮生过半后，平常心态最重要。没有实现的梦想可以继续追求，但莫要强求，人生正因为没有一百分的答卷而显得小而盈满。也不要仰望别人，因为你站在桥上看风景，看风景的人在楼上看你，你亦是别人眼里的风景。更不要遗憾"廉颇老矣，尚能饭否"，走过朝朝与暮暮，迎来夕阳的无限好，又何须感慨黄昏来袭，用平常心享受当下的春花秋月，收藏凉风冬雪，人间刻刻是好时节。

如果我们能认真地生活，优雅地老去，那么便能像慧开禅师说的那样，用平常心静享四季、生命各阶段的好时节。"安时而处顺，哀乐不能入"，安于时运而顺应自然，一切哀乐之情就不能进入心怀，这样的淡然从容真是心向往之。

愿正在为烟火打拼、追梦的你在迎接过风霜雨雪的洗礼后，不念过去，不畏将来，于风清日朗时笑谈过往三千事，坐享人间好时节，如此便不负人生！

作家介绍

无门慧开禅师（1183—1260），宋代诗僧，杭州钱塘人，俗姓梁。慧开禅师因为苦参"无"字话头而开悟，因此特别看重"无"字法门，编纂《无门关》一书，并自作序文道："大道无门，千差有路；透得此关，乾坤独步。"

佳句背囊

"宠辱不惊，看庭前花开花落；去留无意，望天上云卷云舒。"

出自明代文人陈继儒的格言小品集《小窗幽记》。意思是：为人做事能视宠爱与屈辱，如花开花落一样平常，才能淡定自若；视官位与爵位如云卷云舒一般，变幻无常，才能够做到潇洒自若、心境平和、淡泊自然。

本文作者

梁芬霞，笔名书怡，生活中读书最心怡，在阅读中邂逅好文字，细嗅文字清香。

鸟啼月落知多少，只记花开不记年

感怀

（清）袁机

草色青青忽自怜，浮生如梦亦如烟。

鸟啼月落知多少，只记花开不记年。

◎ 诗临其境

袁机是清代才女，她是著名文人袁枚的妹妹。袁机一生多坎坷、少福泽。这首名为《感怀》的小诗，忧伤却又优雅，似暗香沉浮。

初读前两句，稀松平常，似乎是闺中女子自怨自怜。看到窗外青青草色，忽然想起自己心中愁绪万千。由青草联想到自己这一生如梦又如一缕轻烟，和一般的感怀诗大同小异。后两句仿佛神来之笔，不仅让诗句升华，还让读者体会到袁机的才情与心胸，能够对生活中的遭遇淡然一笑，说出"只记花开不记年"。

这首小诗也如袁机一生，美丽，却凄惨。

◎ 一句钟情

"乌啼月落知多少，只记花开不记年。"

这两句是诗中最精彩的部分。我们仿佛看到那个带着淡淡愁绪的女子傍晚轻摇团扇，似在说：明月落了几次我也数不清，但我又何必要记得过了多久，我只要记得窗外花开时的姹紫嫣红。

这首诗前两句让你感受到她的忧伤，后两句却又感受到作者的淡然与豁达。想来人生并非一帆风顺，修身不如修心。

◎ 诗歌故事

南京山上有座荒凉墓，墓主人是袁机，她的一生也如同这座墓碑一样荒凉。袁机从小便与哥哥一起熟读诗文，尤其爱听古代女子节义的故事。长大后，袁机才情斐然，容貌映丽，是一个不可多得的才女。

袁机的父亲在她小时候就为她定了一门亲事，未婚夫是高绎祖。等到袁机长大，这家人来退亲了，说是他们的儿子高绎祖得了不治之症，退了亲让袁机另择好人家。袁机却不同意，她认为女子就要从一而终，高绎祖有病她就照顾，高绎祖死了她就终身不嫁。

高家人见退婚不成只好说出实情，原来高绎祖品性恶劣，难以管教。高家人看自己儿子如此顽劣不堪，不肯误了袁机终身。谁知袁机听了之后依旧坚持嫁过去，高家人苦劝无果，只能作罢。

结婚以后袁机孝顺公婆，照料儿女。她早知高绎祖品性不好，却恪守妇道。高不许她作画，她就放下画笔；高不要她写诗词，她就收起纸笔不再作诗。后来高绎祖不仅花光了她的陪嫁，还对她拳打脚踢。高母来阻止，高竟把母亲牙齿打断，还打算把袁机卖掉偿还赌债。袁机被逼无奈，一面逃到尼姑庵，一面请人通知娘家。她的父亲赶到如皋打官司，最后判决高袁离婚。

1752年，袁家举家迁徙，袁机随同来到南京随园。这个时期袁机穿素色衣服，吃斋，取别号青琳居士，表示在家修行。平时照料母亲，帮哥哥料理家务，闲暇时写诗。但这个时候她依然牵挂婆母与丈夫："欲寄姑恩曲，盈盈一水长。江流到门口，中有泪双行。"1758年高绎祖死去，袁机心中仍旧对丈夫留有旧情，"死别今方觉，双飞一梦终"。次年，袁机也得病亡故。

袁枚在《祭妹文》里说："予幼从先生授经，汝差肩而坐，爱听古人节义事；一旦长成，遽躬蹈之。呜呼！使汝不识《诗》《书》，或未必艰贞若是。"袁枚一直认为自己的妹妹是因为读书太多，才一生多坎坷。听了太多节妇故事，自己也效仿节妇，谁知道碰上的人不可托付。

袁机生平，只有惋惜。

**作家
介绍**

袁机（1720—1759），字素文，浙江钱塘（今杭州）人。
是清代乾嘉时期代表诗人、散文家袁枚的三妹，著名
才女。

**佳句
背囊**

"但屈指西风几时来，又不道流年暗中偷换。"
出自宋代文学家苏轼的词作《洞仙歌·冰肌玉骨》：
掐着手指计算时间，秋风几时吹来，不知不觉，流年
似水，岁月在暗暗变换。表达了对时光流逝的深深惋
惜和感叹；与"只记花开不记年"一样，寄寓了作者
自身深沉的人生感慨。

本文作者

伽利说：头条作者，热爱书法与文字，害怕自己不是明珠，
却又生怕自己是颗明珠。

第三辑

天地有大美

天地山川，大海星辰，飞禽往还，万物皆诗。

非必丝与竹，山水有清音

招隐诗（其一）

杖策招隐士，荒涂横古今。

岩穴无结构，丘中有鸣琴。

白云停阴冈，丹葩曜阳林。

石泉漱琼瑶，纤鳞或浮沉。

非必丝与竹，山水有清音。

何事待啸歌？灌木自悲吟。

秋菊兼糇粮，幽兰间重襟。

踌躇足力烦，聊欲投吾簪。

◎ 诗临其境

左思是西晋著名的文学家，其貌不扬却才华出众，《三都赋》令"洛阳纸贵"。因妹妹左棻入宫，得以为官。后受贾谧政治牵连，退居专心著述。

魏晋南北朝是中国历史上政权更迭频繁的一个时期，人无枝可依的状态，促进了内心的觉醒。左思寄情山水，在天光云影的清新世界中，重新撷取生机。

我们似乎看到左思在人烟寥落的小径上踽踽独行，绿树掩映，红花葳蕤，草木葱茏，置身于如此清新之地，幽美的环境沁人心脾，优雅的古琴声不绝于耳。在大自然的怀抱中，人也回到了本真的状态。

诗人写道：

我拄着拐杖，去荒野寻找隐居者。一条荒芜的小径横亘在眼前。山上天然的洞穴没有房屋结构，但阵阵的古琴声却飘荡在丘岭中。天上悠悠的白云在山坡上投下阴影，红艳艳的山花在阳光的照耀下格外鲜亮。哗哗的清泉洗刷着鹅卵石，鱼儿在水中沉沉浮浮。不一定非要有丝竹管弦，大自然的声响就是天籁。有什么烦恼事要去吟咏呢？风吹灌木发出阵阵悲怆的声音，这是和我的共鸣。吃着干粮欣赏黄灿灿的菊花，幽幽兰花香已经浸入我的衣襟。在险恶的仕途上我踽踽独行，无限烦恼，真想扔掉这顶官帽，隐入山林。

◎ 一句钟情

"非必丝与竹，山水有清音。"

人于山光水色间，清音自来。看天上，白云飘忽，去来无迹；看周遭，绿树蓊郁，丹华吐蕊，清水潺潺，泠然清越。一切都是那么自在自然，这里远离喧闹的人世间，了无烦恼，只有清逸自在的快乐。

所以诗人发出"非必丝与竹，山水有清音"的慨叹，不必有人为的音乐啊，这山水的奏鸣就已经无比动人了，而又有多少人在俗世中奔忙，听不到自然原始的声音呢！

在闹市待久了，为凡俗事物所累，很多人心心念念想回归田园。即便是现在，山居生活也令很多人向往。

◎ 诗歌故事

古有终南山隐逸，现有乡村间另类隐居。

有一个叫作刘娟的前媒体人，在钢筋水泥的城市中生活了很多年之后，人渐渐麻木，突然冒出想要回归田园的想法。于是她辞掉稳定的工作，卖掉城市价值百万的房子，在乡间租了二十多亩地，准备从头开始。

改造窑洞、养鸡逗狗、侍弄田园，回到乡村后，她每天被清晨的第一束阳光唤醒，晚上伴着星光安睡，四季吃食随着季节更迭，随时能领略春日的绿草茵茵、夏季的繁花灼灼、秋季的落叶精美以及冬季的千山暮雪。

早在几千年前的孔子那里，他就已经用睿智之笔勾勒出一幅人在自然中美妙共处的画面了："暮春者，春服既成，冠者五六人，童子六七人，浴乎沂，风乎舞雩，咏而归。"

在春日缱绻的下午，大家换下了臃肿的棉衣，换上了轻盈的单薄衣服，大人孩子一起去沂河洗澡，然后在轻柔的晚风中，结伴唱着歌回家。这是一种多么放逸的状态啊！

当我们被俗世所累，很多人的第一个想法，便是出去旅游，靠近自然。在自然的天光雨露中得到抚慰，得到安憩。

"何必丝与竹，山水有清音。"放下耳麦，关上电脑，当你感觉累了、乏了，就去大自然中走走，听听那来自大自然的美妙乐章吧。

无障碍阅读

策：细的树枝。

荒涂：荒芜的道路。

结构：指房屋。

阴：山北为阴。

丹葩：红花。

阳：山南为阳。

漱：激。

琼瑶：美玉，这里指山石。

纤鳞：小鱼。

丝：弦乐器。

竹：管乐器。

糇（hóu）：干粮。

间：杂。

烦：疲乏。

投簪：弃冠，指放弃官职。簪：古人用它连接冠和发。

作家
介绍

左思（约250—305），字太冲，齐国临淄（今山东淄博）人，西晋著名文学家。其《三都赋》颇为当时称颂，一时"洛阳纸贵"。其诗文语言质朴凝练，后人辑有《左太冲集》。

佳句
背囊

"我见青山多妩媚，料青山见我应如是。"

出自辛弃疾的《贺新郎·甚矣吾衰矣》，意思是：我看那青山潇洒多姿，料想青山也是这么看我的吧。诗人将深情倾注于自然中，在自然中身心得到宽慰，与"非必丝与竹，山水有清音"有异曲同工之妙。

本文作者

陈清轻，喜欢阅读、写作，喜欢亲近大自然，同时努力追求世俗。

日落山水静，为君起松声

咏风

（唐）王勃

肃肃凉景生，加我林壑清。

驱烟寻涧户，卷雾出山楹。

去来固无迹，动息如有情。

日落山水静，为君起松声。

◎ 诗临其境

轻声吟诵此诗，我们仿佛感觉到：

一阵清凉的山风飒飒吹过，使树影婆娑中的山谷变得更加清爽凉快。

这阵风吹走了山谷中的烟云，我寻找已久的山间农家终于显示了出来，天空中的雾霭也被这阵清风拂去，山间的房屋显得越发清晰。

山间的清风来去自如，毫无踪迹可循，但风起与风歇之间，就好像融入了人的感情一般，十分合人心意。

在落日余晖的照耀下，山水静谧，美成了一幅画卷，而此时，清风再次吹响松涛，宛若一首甜美的夜曲，让人沉醉其中。

◎ 一句钟情

"日落山水静，为君起松声。"

在整首诗中，这句诗第一时间就打动了我，落日的余晖洒落在平静的水面上，就连时间也仿佛静止了，此时，就算一滴水珠掉落水中，你也能听到那清脆的"叮咚"声，远处层峦叠嶂的青山和眼前风平浪静的水面，双双沉醉在这静谧的环境中。不知何时起，一阵清风徐徐吹过，那山间沉醉的松林，渐渐喧闹起来，阵阵的松涛声也将人们从那唯美的、静谧的画卷中拉了回来。这一静一动的自然切换，让人心旷神怡。

◎ 诗歌故事

一直以来很喜欢苏轼点评王维诗歌的那句话"味摩诘之诗，诗中有画；观摩诘之画，画中有诗"，在我看来，王勃这首《咏风》的最后一句，也可以用苏轼的这句话来概括。

一首好诗，是让人读过后能在第一时间发现它的闪光点，并能记住这首诗中最经典的句子。而王勃这首诗的最后一句，在向大家展示动静结合的这幅绝美画面外，其实也是借物抒情。他借助风这种事物，来赞美高尚品格和勤奋精神。

王勃才高八斗，却犯了一个严重的错误。沛王李贤和英王李哲举行了一次斗鸡比赛，当时担任"修撰"（负责王府文字工作的官员）的王勃为沛王写了一篇《檄英王鸡》。这篇骈文后来传到了高宗那里，高宗读完后大怒，因为"檄"字有声讨的意思，这让高宗认为王勃这篇《檄英王鸡》有挑拨离间皇子关系的嫌疑，于是一怒之下将王勃赶出了沛王府。

自此以后，王勃仕途受到了严重的打击。虽然他才华横溢，却壮志难酬，而这首诗正是他通过风这种事物，来寄托他的青云之志。最后这句"日落山水静，为君起松声"不仅在意境上出奇制胜，更是在情感表达上让读者和作者产生了共情。

无障碍阅读

肃肃：形容快速。

加：给予。

林壑：树林和山沟，指有树林的山谷。

驱：驱散，赶走。

卷：卷走，吹散。

山楹：山间的房屋。楹：堂屋前的柱子。

固：本来。

动息：活动与休息。

松声：松树被风吹动发出的声音。

王勃（649 或 650—676），字子安，绛州龙门（今山西河津）人，唐朝文学家，儒学大家文中子王通之孙，与杨炯、卢照邻、骆宾王齐名，称"初唐四杰"。代表作有《滕王阁序》《送杜少府之任蜀州》等。

"大漠孤烟直，长河落日圆。"
出自唐代诗人王维的《使至塞上》，这句"大漠孤烟直，长河落日圆"与王勃的"日落山水静，为君起松声"有异曲同工之妙，都给人一种诗中有画，画中有诗的美感。

本文作者 ———————————

大家好，我是星海小子，一个正在努力奋进的人，希望能和大家共同进步。

关塞极天唯鸟道，江湖满地一渔翁

秋兴八首（其七）

（唐）杜甫

昆明池水汉时功，武帝旌旗在眼中。

织女机丝虚月夜，石鲸鳞甲动秋风。

波漂菰米沈云黑，露冷莲房坠粉红。

关塞极天唯鸟道，江湖满地一渔翁。

◎ **诗临其境**

杜甫漂泊一生，郁郁不得志，但其忧国忧民的现实主义风格和极高的诗艺在后世备受推崇，影响深远。

诗人在夔（kuí）州（今奉节）滞留的日子里，看到秋风萧瑟，触景生情，感发诗兴，追忆起当年长安盛世，感叹自己的孤寂处境，还京无期，顿感悲壮苍凉：

昆明池水映现着汉代的伟业丰功，武帝训练水军的旌旗飘拂在眼中。

织女织机上的丝线无声空对明月，池中的石鲸在秋风中似跃然欲动。

菰米漂浮在水面如簇簇乌云聚拢，秋露浸湿了莲蓬，花瓣凋零只剩下几许残红。

天高地僻关塞重重，山路险峻只有鸟能飞过，故园难返，我就像漂泊江湖的一个渔翁。

◎ 一句钟情

"关塞极天唯鸟道，江湖满地一渔翁。"

这句诗，以写实的手法，表面描写面前的景色，实际上极尽心情的沉郁与悲凉。

诗人身处荒僻之地，回望长安，"已恨碧山相阻隔，碧山还被暮云遮"。关山万重，家园难返，心情沉重而愁苦。

秋色荒凉，垂暮之身，依然"漂泊西南天地间"，深深地表现出诗人内心的凄凉与悲苦。

诗人目睹国运衰败，繁华落去，却报国无门，感受到的只有入骨的冷落、自身的渺小以及对时局的无力，只能望长安而慨叹，就像江湖漂泊的渔翁，摆脱不了被操纵的命运，看似逍遥自在，实则凄苦孤独！满怀的秋怨与愁思，悲伤与失落，随着文字汩汩流出。

◎ 诗歌故事

公元 766 年秋，杜甫 55 岁，好友严武去世，杜甫在成都生活失去依靠，遂告别草堂，沿江东下，在夔州滞留了两年左右的时间。

在夔州，"杜甫很忙"，他不仅是一位诗人，还是一位稻农、菜农和果农，杜甫自己养鸡、种菜，因为家里的鸡乱飞不卫生，弄得到处又乱又脏，就想了个办法，叫长子给他修个鸡栅圈养，并写了一首《催宗文树鸡栅》。杜甫想出的圈养的办法，人们直到现在都在用。

杜甫特别喜欢吃水果，并在诗里写下对夔州水果的喜爱及吃水果的感受："色好梨胜颊，穰多栗过拳""朱果烂枝繁""破甘霜落爪"，后来甚至买了一个果园，还常常向农家请教果树、庄稼种植管理技术。现在奉节的柚子个大水多、气香味甜，据说就是沾了杜甫的灵气。而久负盛名的"夔柚"就是从他这儿传来的良种。他还买了一块稻田，在稻田附近搭建了草屋。等稻子快收割时，亲自参与稻田收割管理工作。

这两年时间里，他自食其力，不再寄人篱下，过上了较为安定的生活。但是物质生活安定舒适并没有弥补诗人内心的愁苦与孤独。报国无门、壮志难酬以及强烈的思乡之情，依旧时时萦绕在心头。在生命的最后四年，他把一腔悲愤，如杜鹃啼血般，凝练成最壮丽的诗篇，夔州时期，他写了 400 多篇，达到了一生的创作巅峰。

无障碍阅读

昆明池：遗址在今西安市西南斗门镇一带，汉武帝在长安仿昆明滇池而凿昆明池，以习水战。
织女：昆明池西岸的织女石像，俗称石婆。
石鲸：昆明池中的石刻鲸鱼。
菰（gū）：即茭白，浅水中的一种草本植物。秋天结实，皮黑褐色，状如米，故称菰米。
江湖满地：指漂泊江湖，苦无归宿。

作家介绍

杜甫（712—770），字子美，原籍湖北襄阳，生于河南巩县。自号少陵野老，是唐代伟大的现实主义诗人，与诗仙李白合称"李杜"。为了与另两位诗人李商隐与杜牧即"小李杜"区别，杜甫与李白又合称"大李杜"，杜甫也常被称为"老杜"。杜甫在中国古典诗歌中的影响非常深远，被后人称为"诗圣"，他的诗被称为"诗史"。后世称其杜拾遗、杜工部，也称他杜少陵、杜草堂。代表作有《春望》、《北征》、"三吏"、"三别"、《登高》等。

佳句背囊

"飘飘何所似？天地一沙鸥。"
出自杜甫《旅夜抒怀》，这是作者写《秋兴》前一年。53岁的诗圣带着妻儿离开成都草堂，一家人由蜀入巴，进入了他生命中动荡不安、急转直下的最后五年。他比喻自己就像天地间一只疲惫的沙鸥一般，四处漂泊，孤独无依。"飘飘何所似，天地一沙鸥"一语成谶，成为他的真实写照。

杜甫一生悲苦，他用一生的血泪和忧思告诉我们，悲剧亦是人生的一部分，我们必须独自走过那些悲苦的岁月。

本文作者

浅海深蓝，职场领域优秀创作者，深耕人力资源行业，绩效管理培训师、人才测评师。

草萤有耀终非火，荷露虽团岂是珠

放言五首（其一）

（唐）白居易

朝真暮伪何人辨，古往今来底事无。

但爱臧生能诈圣，可知宁子解佯愚。

草萤有耀终非火，荷露虽团岂是珠。

不取燔柴兼照乘，可怜光彩亦何殊。

◎ 诗临其境

唐宪宗时，宰相武元衡极力主张削除藩镇，并且取得了一定成效。为了阻止中央的削藩举措，淄青节度使李师道派人将武元衡刺杀。作为武元衡的好友兼同僚，白居易对此极为不忿，于是上疏请求追查凶手。因为越职言事，又遭人诽谤，被贬谪为江州（今江西省九江市）司马。

当他扬帆南下，赴江州上任时，心中自然抑郁难平。于是便对江自吟，写下了抒发心意的《放言五首》。此诗便是其中第一首。

面对滔滔不绝的江水，回想起历史长河中的纷繁往事，诗人不禁感叹：

白天真，晚上假，又有何人会去分辨，从古至今这样的事无尽无休。众人都喜欢臧武仲那样的假圣人，怎会知道看似呆傻的宁武子其实大智若愚。萤火虫虽也能发光，但却非真正的火光；荷叶上的露珠虽圆，却非珍珠。不用真正火光和照乘珠进行比较，谁又能辨别萤火虫之光非火，露珠非珍珠呢？

◎ 一句钟情

"草萤有耀终非火，荷露虽团岂是珠。"

这句话告诉我们社会纷繁复杂，有各种各样的表象。如果不能破开迷雾，透过现象看本质，只会始终为其他的人和事所左右。

此外，这世上也有人只是萤虫之光与荷叶露珠，却假冒火光和宝珠。就像臧武仲假冒圣人一样，欺世盗名。我们不光要看穿他们的本来面目，还要努力让自己成为真正的火光与宝珠。要始终坚信，萤火之光岂能与皓月争辉。

◎ 诗歌故事

唐宪宗对白居易颇为赏识。而白居易为报赏识之恩，也敢言直谏。这既为他树立了很多政敌，也渐渐被唐宪宗所不喜。

而白居易在武元衡被刺后要求缉拿凶手的奏疏，使他进一步得罪了当权者。

政敌于是趁机上疏诽谤他。他们指出：白居易母亲因赏花而坠井身亡，但他却作有"赏花"诗、"新井"诗。当权者便以此为由，将其贬为江州司马。

白居易的"赏花"诗等并非在其母去世时所写，同样也并非针对其母之事。这明显只是借口。而本质原因则是唐宪宗对他屡次直谏已有不满，且其诉求与当权者利益不符。

此外，白居易也将自己比作火光和宝珠，而将朝中的一些人比作"草萤"与"荷露"。他对这些虚伪之人得到重用，而真正有才德之人却反被贬谪极为不满。

不过白居易却并未因此消沉。到达江州后，与当地文人诗歌唱和，同时也尽量为百姓做一些实事。820 年，白居易便再次受到了朝廷重用。

无障碍阅读

放言：无所顾忌，畅所欲言。

底事：指朝真暮假之事。

臧生：春秋时的臧武仲，鲁国人，曾任鲁司寇。被当时人称为圣人，孔子却认为他是挟制君主的小人。

宁子：春秋时的宁武子，山东菏泽人，曾任卫国大夫。孔子认为他大智若愚。

燔（fán）柴：燃烧的柴火，这里指火光。
照乘：指明亮的宝珠。

作家介绍

白居易（772—846），字乐天，号香山居士，又号醉吟先生。祖籍太原，出生于河南新郑。唐代著名的现实主义诗人，与元稹一起倡导新乐府运动，号称"元白"。曾担任杭州刺史、太子左庶子等官。诗歌题材广泛，形式多样，语言平易通俗，有"诗魔"和"诗王"之称。代表诗作有《长恨歌》《卖炭翁》《琵琶行》等，有《白氏长庆集》传世。

佳句背囊

"不畏浮云遮望眼，只缘身在最高层。"出自北宋文学家王安石的《登飞来峰》。遮人眼睛的浮云就像白居易笔下的"草萤""荷露"，同样代表了事物的表象。相对于白居易，王安石更进一步提出了如何透过表象看本质，即登上最高层。不管是人的知识、阅历，还是认知，只要达到了一定高度，就会不惧表象的迷惑，从而直指本质。

本文作者

以史为伴，优质历史博主。

晴空一鹤排云上，便引诗情到碧霄

秋词

（唐）刘禹锡

自古逢秋悲寂寥，我言秋日胜春朝。

晴空一鹤排云上，便引诗情到碧霄。

◎ **诗临其境**

中唐诗坛的刘禹锡，自有豪健旷达的独特诗风。他既是文学家，也是哲学家。

永贞元年（805），以王叔文为首的政治集团主持的永贞革新不幸失败，团队中的主要人物之一刘禹锡遭受打压与排挤，由屯田员外郎被贬为连州（今广东连州市）刺史，在上任路途中追贬为朗州（今湖南常德）司马。

刘禹锡人称"有宰相器"，是本可以大有作为的热血之人，可是现在，打击突如其来。还没到人生巅峰便跌落谷底，面对萧瑟可悲的秋天，大概悲苦伤秋才是在朗州的刘禹锡应该怀有的情绪吧。

但是诗人偏偏一反"悲秋"的传统，诗作令人耳目一新：

　　自古以来，文人骚客每逢秋天都悲叹萧条、空寂、凄凉，我却说秋天远胜过春天。

　　秋高气爽，晴朗的天空中，一只仙鹤扶摇而上，直冲云霄，也激发我的诗情飞向万里青天。

◎ 一句钟情

　　"晴空一鹤排云上，便引诗情到碧霄。"

　　这一句，融诗情与画意于一体。描绘了一幅典型的秋日晴空图，画面感与动态感并存。寥廓高天是整幅画的壮美背景，在蓝加白的清冷色调下，排云直上的鹤打破了静态，带来秋天的生机。

　　这是一只孤独而非凡的鹤，满载诗人不屈的诗情与志气，冲破秋天的肃杀寂寥，昂扬向上，为实现自我理想而奋斗。诗情之旷远，气概之高扬，抒发得淋漓尽致。

　　此一句不仅寓情于景，诗人更是融虚入实。

　　诗情是无形的，它是人的主观意识，而鹤是客观存在的物象。刘禹锡将"虚"与"实"巧妙地结合在一起，使"秋日胜春朝"的内容更具象化，观点更有力度。

　　我喜欢"晴空一鹤排云上，便引诗情到碧霄"的乐观与豪迈。更欣赏写出这首诗的刘禹锡一身的豪气与一颗赤子之心！

◎ 诗歌故事

唐顺宗年间，刘禹锡和王叔文、柳宗元等改革派在最高统治者的支持下，进行了大刀阔斧的"永贞革新"：加强中央集权，打击宦官势力。但是一个体弱多病、手无实权的皇帝，又怎么能撼动长期以来的既得利益群体呢？

结果遭到了反动势力的强烈反攻，最终以失败告终。那么，参与此次革新的一众骨干人物，必然要承受来自旧势力的更严重的反扑与迫害。王叔文被赐死，掌握重要职位的刘禹锡被踢出核心政治圈，被放逐到边远的蛮荒小州——朗州。

那是一个落后的南方州郡，雨水多湿气重，极易侵蚀器物。刘禹锡有一把锋利的佩刀，到了朗州后生锈得无法拔出，只得剖开刀鞘。良刀的锋芒，完全被恶黑的鳞状锈斑遮盖住。

有一位来自东方的客人听说这情况，包了一块细密的磨石送给刘禹锡。刘禹锡在上面抹了混合的滑腻草汁和禽鸟油脂，反复磨砺，使佩刀恢复了锐利的本质。刘禹锡微笑着感谢客人的赠送，客人转述了听到的一段话："爵位和俸禄，是治理天下的磨石。"后又以高祖皇帝为例，刘禹锡感而作《砥石赋》，以此表达自己就像生锈的宝刀，但他坚信那只是一时的，终有一天会磨去锈蚀，重露锋芒，自己的才能与抱负得以施展。

刘禹锡在朗州的职位，就是一个没有实权的司马闲职。不过，他始终没有在政治斗争中屈服，也没有在失意时消沉颓唐，仍然保持壮心。

一方面，他尽可能地把自己融入当地的百姓与民俗中，关心人们的生产与生活。整理"民谣俚音"进行再创作民歌体诗。教化朗州百姓，为当地教育的发展做出贡献。

另一方面，刘禹锡坚定信念，初衷不改坚持正确的政见，保持乐观向上的进取精神。以诗、文明志，以励志之作为，不认输、不低头，自我奋起，无所畏惧。

那一只振翅高举的鹤，不正是他的真实写照吗？

无障碍阅读

春朝：春初。亦泛指春天。
排云：推开白云。
诗情：作诗的情绪、兴致。

作家介绍

刘禹锡（772—842），字梦得，河南洛阳人。唐代文学家、哲学家，有"诗豪"之称。与柳宗元并称"刘柳"，与韦应物、白居易合称"三杰"，与白居易合称"刘白"。重要作品如《竹枝词二首》《乌衣巷》《浪淘沙》《望洞庭》《陋室铭》等。

佳句背囊

"九曲黄河万里沙，浪淘风簸自天涯。"
出自唐代诗人刘禹锡的《浪淘沙》。意思是：弯弯曲曲的黄河挟带大量泥沙，经受滚滚风浪的淘卷从天边

而来。诗人赞扬了黄河中的万里黄沙，经受风浪，一
往无前。

"种桃道士归何处？前度刘郎今又来。"
出自唐代文学家刘禹锡的七言绝句《再游玄都观》。
诗句描写玄都观的今昔盛衰，其中暗含着人世变迁与
自己的浮沉经历，体现了不向权贵低头的决心。

本文作者 ────────────────────────

祝雪晶，浙江金华人。文艺也理性的"90后"，中国古
代文学与历史爱好者。

莫道桑榆晚，为霞尚满天

酬乐天咏老见示

（唐）刘禹锡

人谁不顾老，老去有谁怜。

身瘦带频减，发稀冠自偏。

废书缘惜眼，多炙为随年。

经事还谙事，阅人如阅川。

细思皆幸矣，下此便翛然。

莫道桑榆晚，为霞尚满天。

◎ **诗临其境**

　　刘禹锡晚年被朝廷派往洛阳出任闲职，与同在洛阳的至交好友白居易等人交往密切，时常互相赠送诗文。此时刘禹锡与白居易都已是六十多岁的老人，老眼昏花，疾病缠身，身体每况愈下。白居易感叹岁月无情，便写了一首《咏老赠梦得》，向刘禹锡诉说对年老力衰的无奈和消极之感。

　　刘禹锡读完赠诗，看了眼铜镜里白发苍鬓、容貌消瘦的自己，倏然大笑起来。

他展开一卷宣纸，磨墨提笔，回复白居易道：

哪有人不忧虑变老，老了又有谁会对你表示同情。

身体一天天消瘦，衣带不停在减短，头发稀疏得连帽子都无法戴正。

不再看书是因为要爱惜眼睛，经常用艾灸为的是维持健康。

经历过的事情很多对事情自然就熟悉了，与人交往得多看人也就准了。

仔细一想年老也是一件幸事，领悟了这些心情就倏然开朗了。

不要说日落时分就余时无多，落日的霞光依然洒满了整个天空。

◎ 一句钟情

"莫道桑榆晚，为霞尚满天。"

这句诗没有堆砌华丽的辞藻，却饱含着作者真挚的情感，能够引起读者强烈的共鸣，因而流传千古，为人所称道。

桑榆，指桑榆二星，当太阳达到桑榆二星中间的位置时，表示即将进入夜晚了。所以桑榆常比喻人到了晚年。

我们将少年比作早上八九点钟的朝阳，而用夕阳代指老年。天气晴朗的日子，夕阳的晚霞铺洒西边的天空，让人赞美它的绚丽，又遗憾它的短暂，马上就要转入夜幕。而刘禹锡翻陈出新地说：落日虽短，余晖依然可以铺就满天红霞；虽然衰老无法逆转，我们仍可以发挥余热，再创新的成绩。

◎ 诗歌故事

衰老是自然的规律，没有人能够挣脱规律的束缚，历史上那些期望长生不老的人，除了留下一些荒诞可笑的故事外，就没有更多了。

所有人都有老的那一天，面对身体衰弱，思维迟钝，即使是白居易这样见识高远的大文学家也不免感到沮丧，普通人就更不用说了。

如何正确看待衰老，刘禹锡把答案告诉给了我们，摆正自己的位置，保持积极的心态。

但在当今快节奏社会中，一些二十几岁的年轻人就已经将自己称为大叔和阿姨，虽说有些戏谑的成分，却折射出一种人未老心已老的现象，就如同给自己戴上了一套思想的桎梏，显然是没有摆正心态。

与之相对的，是那些为理想拼搏的中年人和老年人。宗庆后42岁时还在蹬着三轮车卖冰棍，三十年后，他一手创立的娃哈哈已经成为一代人童年的记忆；哈兰·山德士62岁时还在四处兜售炸鸡配方，所有人都认为他是一个行为怪异的老头，谁又会想到他会成为风靡全球的快餐巨头肯德基的创始人。

法国文学家托马斯·布朗爵士曾说过："你无法延长生命的长度，却可以把握它的宽度。"追求梦想，任何时候开始都不会晚。诗人刘禹锡一生宦海沉浮，几度贬黜，老年却依然保持着积极的人生态度，而正值青春年华的少年们，又有什么理由不为自己的理想拼搏奋斗呢？

"老骥伏枥，志在千里。"

出自东汉末年曹操《龟虽寿》，其中"老骥伏枥，志在千里"一句与"莫道桑榆晚，为霞尚满天"意思相通，借物抒情，虽然已经年老力衰，但心中志向依然远大。

本文作者

江左，985 理科硕士，文史爱好者。

寒光亭下水如天，飞起沙鸥一片

西江月

（南宋）张孝祥

问讯湖边春色，重来又是三年。

东风吹我过湖船，杨柳丝丝拂面。

世路如今已惯，此心到处悠然。

寒光亭下水如天，飞起沙鸥一片。

◎ **诗临其境**

这首词是作者从建康回宣城途经溧阳（今江苏省溧阳市）时所作。前两句用春色、湖船、东风、杨柳，四个清新之词，表达了作者重访三塔湖的快意感受，后两句用世路与寒光亭作对比，抒发了作者置身大自然时的悠然心情。

这首词的大意是：

再次来到三塔湖寻访春天之色，与前次已经隔了三年之久，东风习习一路吹着小船驶过湖面，丝丝杨柳轻轻拂过面颊。

早已看惯世间百态，一颗随遇而安的心四处悠然。在这寒光亭下碧水如天的湖面上，悠然闲看飞起的一片沙鸥。

◎ 一句钟情

"寒光亭下水如天，飞起沙鸥一片。"

作者用平铺直叙的手法写景，所见即所得，看似浅易平淡，实则意境深厚，耐人品味。

浅易平淡在于，此句看上去，作者在平淡直白地描写湖边的景色：宽广的湖面，飞起的沙鸥。

而仔细品味这里的"水如天"，水是平静的，而沙鸥是动态的"飞起的"，一静一动间充满了勃勃生机，象征着无尽的生命力。

◎ 诗歌故事

"寒光亭下水如天，飞起沙鸥一片。"这两句诗虽是写景，却也是我们小人物的生活写照：生活可以是平淡的没有起伏，但不可以没了热情蓬勃的生命力。简单来说，拒绝平庸的人生。

在我的身边就有这样一群平淡又不平庸的小人物，在应付繁忙工作和为家庭琐碎操劳之余，仍然利用各种零碎时间坚持写作追逐自己的梦想。

他们既不是网络作家大神，每月所得稿费也没有几百万、几十万，有的可能不足自己本身工资的三分之一。

节假日别人或出去旅行，或约上好友逛街喝茶，他们宅在家里对着电脑十指翻飞地码字，不为外界所惑坚持更新。有时就连家人都不理解："就为这么几个钱，何苦来哉？"

只有他们自己心里明白，这根本就不是钱的事。用他们自己的话说："我们纯属是在为爱发电。"虽然有时候也在群里吐槽自己，叫嚣着要封笔，可是下一句就说："啊呀，不聊了，今天还没更新呢，我得去码字了。"没有一个人真正会放弃自己的写作梦想。

人生需要有理想，没有理想的人生与咸鱼没什么两样；人生需要有目标，虽然你可能永远无法达成你的目标，然而在追求目标的过程中，得到了快乐、完善了自己，这本身就是一种收获和人生财富。

就像人们常说的："结果不重要，重要的是你参与其中得到的快乐与满足。"

永远保持一颗平和的心，坚持一分淡定豁然，或许正是"寒光亭下水如天，飞起沙鸥一片"要告诉我们的道理吧。

无障碍阅读

湖：三塔湖。
世路：世俗生活道路。
寒光亭：亭名，在江苏省溧阳市西三塔寺内。
沙鸥：沙洲上的鸥鸟。

张孝祥（1132—1170），南宋著名词人、书法家，是唐代诗人张籍七世孙；字安国，别号于湖居士，祖籍历阳乌江（今安徽和县乌江镇），出生于明州鄞县（今浙江宁波市鄞州区），是宁波历史上第一个状元，被后人称为"甬上第一状元"，为官有政绩。善诗文，尤工于词，是"豪放派"代表作家之一。

"忽如一夜春风来，千树万树梨花开。"

出自盛唐诗人岑参的《白雪歌送武判官归京》，"忽如一夜春风来，千树万树梨花开"这两句诗与"寒光亭下水如天，飞起沙鸥一片"有共通之处，以春花比喻冬雪，字里行间透露出勃勃的生机。

本文作者

我是"心居在线"，喜欢看书写故事。

风花雪月

在状物写景中，风、花、雪、月是最常见的吟咏对象。在诗人眼里，风有信、花解语、雪有心、月多情，描摹它们的诗词妙句很多，读者应用这些诗句的时候也最得心应手。

应知早飘落，故逐上春来

咏早梅

（南朝）何逊

兔园标物序，惊时最是梅。

衔霜当路发，映雪拟寒开。

枝横却月观，花绕凌风台。

朝洒长门泣，夕驻临邛杯。

应知早飘落，故逐上春来。

◎ 诗临其境

南朝梁诗人何逊是名门之后，才情卓绝，被爱结交文士的建安王萧伟重用。一日，在与萧伟同游扬州林园时，何逊看到满园凌寒独放的梅花，不禁赋诗一首，咏梅抒志：

园林里的变化最能凸显时节更替，而最让人惊异的，便数这梅花。它最不畏霜寒，在最冷的时候就能随路而开。繁茂的枝叶横斜在却月观外，盛开的花朵环绕着凌风台。梅花盛开之景可以让被弃者伤怀落泪，也能使相悦的人触景开怀举杯。梅花应该是自知会早早飘落，所以赶着正月就将最美的一刻怒放。

◎ 一句钟情

"应知早飘落，故逐上春来。"

一句诗，见天地，见众生，见自己。

从冬梅盛开之势，见天地之万物，皆有灵，皆有格，皆有自己该顺应的周期和规律。

从冬梅拟人自语，见芸芸之众生，知轮回安排的早落之"彼"后，更知早逐生命怒放才是最好的"己"。

从冬梅傲骨之格，见当下之自己，是向内反思，也是向外探索：是否更应不负光阴，不畏前路困苦艰险，含着一股冬梅般不屈的傲气，活出精彩的一生。

◎ 诗歌故事

人生苦短，应当潇洒走一回的道理人人都懂。但真正能听从内心声音，不惧外界环境、舆论、各方压力的质疑和考验，始终如一坚持自己的信念和步伐的人，屈指可数。但也正是这些恶劣境遇中的磨炼，才更能让非凡之人从芸芸众生中凸显而出，用高贵的品格和心性，创造属于自己人生的辉煌模板。

就像诗中所写："应知早飘落，故逐上春来。"这也是知行合一的最佳体现。思维和行动高度统一，心无旁骛，不畏困阻，方能抵达理想彼岸。

　　"如果人生如烟火，最美的时候只有热烈绽放的一小段时光，那就请尽情地将它做到最极致的美。"朋友曾说过的一段话，和诗人笔下的冬梅那股子纵然生命短暂，路途不坦，也无人能阻挡我傲雪绽放、艳照寒冬的倔强，让我想起了一个人：最近超越马云，成为身家仅次于马化腾的中国第二富豪——黄铮。出身于普通家庭的黄铮，有了稳定工作后，始终感觉身体里还有一些能力和能量没有释放，内心有个声音总告诉他有很好的机会能让他做成更大的事业。于是他遵从内心，进行了再创业。他在接受采访时曾说："我只是在很少的方面比很少的人强，比如隔绝外部压力，回归本源理性思考的能力。"深刻的自我认知，并用与众不同的人生价值观和对金钱及商业的理念，做了一个漂亮的"普通人逆袭范本"，将拼多多用不到 3 年时间做成市值千亿的公司。按自己的节奏，遵循内心的认知和声音，把普通的牌面打出了王炸。

无障碍阅读

兔园：本是汉梁孝王的园名，这里借指扬州的林园。
标：标志。
拟：比，对着。
却月观：扬州的台观名。
凌风台：扬州的台观名。

长门：汉宫名。汉武帝曾遗弃陈皇后于长门宫，司马相如为她写过一篇《长门赋》。

临邛（qióng）：汉县名，司马相如曾在临邛饮酒，结识了卓文君。

上春：即孟春正月。

作家介绍

何逊（?—约518），南朝梁诗人。字仲言，东海郯（今山东郯城）人。出身官宦之家，八岁能诗，弱冠举秀才，官至尚书水部郎。诗风明畅，与阴铿同被杜甫所称赞，世称"阴何"。文与刘孝绰齐名，世称"何刘"。

佳句背囊

"已是悬崖百丈冰，犹有花枝俏。"

出自毛泽东的《卜算子·咏梅》。创作之时，国家面临着内外交困局势，与梅花开放的凌寒环境相呼应，与"应知早飘落，故逐上春来"中描述的梅花知己知彼，极端环境中仍有壮志傲骨，勇争上流的品格有共通之处，画面呼之欲出。

本文作者

李文雯，一个喜欢从历史和传统文化中吸取智慧，学古用今，与文字对话，用文字传达，用文字实现自我价值、活出潇洒一生的姑娘。

颠狂柳絮随风舞，轻薄桃花逐水流

漫兴（其五）

（唐）杜甫

肠断春江欲尽头，杖藜徐步立芳洲。

颠狂柳絮随风舞，轻薄桃花逐水流。

◎ 诗临其境

"安史之乱"爆发后，杜甫一路辗转来到四川，在朋友的帮助下，在成都西郊浣花溪畔住了下来。在此期间，杜甫创作出以"漫兴"为题的这一组共九首诗歌，描写了由春到夏的情景。

此时的杜甫虽然生活暂时安定，远离了战乱，但面对着明媚的春光，他内心则是"肠断"一般的忧愁和"徐步立芳洲"的孤独。

这是因为杜甫是一位忧国忧民的诗人，个人曾经饱受的离乱之苦和对国家未来以及人民命运的担忧，让他的内心久久不能平静，眼中所看到的春光，便也与常人不同了。

诗歌大意如下：

暮春时节，江边的美景一眼望不到头，我独自一人拄着拐杖立在江边，无尽的惆怅让人断肠。

　　那飞扬的柳絮好像癫狂了一样在随风舞动着，这飞落的桃花也这么轻薄，一点都不自重，顺着水流漂荡而去。

◎ 一句钟情

　　"颠狂柳絮随风舞，轻薄桃花逐水流。"

　　柳树和桃花是春天的象征，在很多诗人的笔下，都赋予了美好的寓意。唐代诗人贺知章的《咏柳》用"碧玉"和"丝绦"来赞美柳树。东晋才女谢道韫把漫天飞舞的雪花比作因风而起的柳絮。至于桃花，历代诗人更是不吝笔墨地赞扬歌颂，宋代大文学家苏轼用"竹外桃花三两枝"，让春天的气息迎面扑来。唐代著名诗人崔护则把桃花的美比作姑娘的容颜，写下了流传千古的经典名句"人面不知何处去，桃花依旧笑春风"。

　　但是，在杜甫的笔下却用"颠狂""轻薄"等贬义十足的词语，描写富有浪漫色彩的柳絮和桃花，的确很有创意。根本原因还是与诗人的经历和心情有关，但同时又抓住了柳絮和桃花的主要特征，恰到好处的拟人手法，让人眼前一亮。

◎ 诗歌故事

　　"颠狂柳絮随风舞，轻薄桃花逐水流。"杜甫这句诗的本意只是借景抒情，但是这句诗的应用范围绝不仅仅限于景物描写，后人常借用该诗句讽刺那些趋炎附势随波逐流的人，他们得志便猖狂，毫无节操，非常符合这两句诗所描写的意象。

这样的人在历史上并不少见，明代就出现过这样的一幕。明代末年有一个大太监叫魏忠贤，他独断专行，架空皇帝，权势熏天，不择手段排挤和迫害正直的大臣。很多大臣为了自保和升官，抛弃读书人的礼义廉耻，甘愿聚拢在魏忠贤的身旁。有一个官员为了巴结魏忠贤，厚颜无耻地说：我本来想当您的干儿子，担心您嫌我太老，就让我的儿子当您的孙子吧。魏忠贤哈哈大笑，随后这个官员便得到了提拔。几年之后，随着魏忠贤的倒台，这些当年飞扬跋扈、趋炎附势的人也被一一治罪。

唐太宗李世民说："疾风知劲草，板荡识诚臣。"越是在国家危难的时期，越能展现一个人的品行。正如杜甫所生活的年代突然爆发了"安史之乱"，面对残暴的叛军，一些人虽然只是小小的地方官，却以大无畏的精神举起了抗击叛军的大旗，甚至不惜以死殉国。与之形成鲜明对比的则是，很多地位高高在上，深受皇帝恩宠的大臣却向叛军投降。

早在两千多年前孟子就说"富贵不能淫，贫贱不能移，威武不能屈"，这样的人才是时代的榜样，民族的脊梁。"颠狂柳絮随风舞，轻薄桃花逐水流"，虽然在短时间内扬扬得意，但终究会被钉在历史的耻辱柱上。

无障碍阅读

漫兴：严格说这并不算是题目，而是一种写作手法。本意是"谓率意为诗，并不刻意求工"，可以理解为即兴创作，信笔写来。

佳句背囊

"粉堕百花洲，香残燕子楼。一团团、逐对成毬。飘泊亦如人命薄，空缱绻，说风流。"

出自《红楼梦》第七十回"林黛玉重建桃花社，史湘云偶填柳絮词"，这首《唐多令·柳絮》，抒发了林黛玉寄人篱下的无奈和叹息。同时也是曹雪芹身世浮沉，命运波折的反映，这与杜甫此时的心境和遭遇非常类似。

本文作者 ————————————

南街村夫：想得多一些，看得透一些，从过去的历史中寻找今天的共鸣。

不如种在天池上，犹胜生于野水中

阶下莲

（唐）白居易

叶展影翻当砌月，花开香散入帘风。

不如种在天池上，犹胜生于野水中。

◎ **诗临其境**

唐代是诗歌的天堂，这个繁荣昌盛的王朝孕育了许多杰出的诗人。

白居易这位诗人，我们再熟悉不过，但你知道他是一位作诗狂魔吗？他一生留下 3000 多篇诗作，这个数量在唐代诗人中稳居第一。

这首《阶下莲》写于作者被贬江州时：

圆圆的荷叶伸展舞动，将水中的月影一会儿遮挡一会儿显露，与投射在台阶上的月光相互映衬，自成一方美景。盛放的莲花散发着清香，一阵风吹来，香气透过帘子进入到整个屋内。

莲花美丽而高洁，为什么却不能种植在瑶池上呢？总好过默默无闻地生长在寻常水域中。

从荷叶、荷花写到荷香，由视觉到嗅觉的切换，仿佛让人身临其境，诗情画意，尽在其中。

◎ 一句钟情

"不如种在天池上，犹胜生于野水中。"

妇孺皆能读，翁孙皆识意，白居易主张"文章合为时而著，歌诗合为事而作"，发起了新乐府运动。他的诗歌题材多样，语言通俗易懂，这首《阶下莲》就集中表现了这一特点。

尤其是"不如种在天池上，犹胜生于野水中"这两句，尽是寻常的语言，没有更多的渲染，应了李白那句"清水出芙蓉，天然去雕饰"。

夏日的夜晚，在庭院中闲坐，欣赏荷塘月色，这本是赏心乐事，诗人却无心欣赏，为什么呢？

高雅不凡的莲花本是天上客，如今却跌落凡尘，生长在僻静的水域当中，诗人为它们感到惋惜。表面上写的是莲花，实际上是移情于物，借莲花自伤身世。

"天池"借指京城，"野水"暗指江州，二者是云泥之别，隐喻了诗人内心的不满。诗人满腹经纶，有诸多理想抱负尚未实现，却惨遭贬谪，被束缚在江州这块小天地之中。

用最简单的语言，表现最真挚的情感，寥寥 14 字，让我们看到了一位怀才不遇、渴望赏识的诗人形象。

◎ 诗歌故事

白居易年少成名，一首《赋得古原草送别》让他成为长安城炙手可热的诗人。据说这背后还有段趣味故事：16 岁的白居易来到长安，拜谒大名士顾况。顾况看到他的名字，还调侃说"长安米贵，居大不易"。白居易年纪轻轻却十分沉得住气，不作口头回应，而是用作品"说话"。果不其然，顾况在读到"野火烧不尽，春风吹又生"这句诗时，瞬间改变态度，赞叹道"有才如此，居亦何难"。

孟子有云："穷则独善其身，达则兼善天下。"这句话是白居易的真实写照。年轻时候的白居易意气风发，正气凛然，谨记报效家国的抱负。在任左拾遗时，极尽言官之职，以报答皇帝的知遇之恩。他上书直言民间疾苦，揭露官场黑暗，也因此得罪了不少权贵。

43 岁那年，白居易因越职言事，被贬谪江州，此时他的心境发生了极大的变化，这首《阶下莲》就创作于这一时期。

虽然他仍心怀天下，但更明显地表露出愤懑不平、怀才不遇的情绪。好在他善于排解自己，逐渐适应江州的生活，开始泰然自处，自得其乐。他既能体察民情，为百姓做实事；又常和友人一起出游，排解苦闷。

白居易早年热心济世，中年在官场遭遇重大挫折，唯一不变的爱好便是赋诗。他的人生经历告诉我们，无论身处顺境还是逆境，都应该秉承不卑不亢的态度，从容面对生活。

无障碍阅读

砌：台阶。

天池：瑶池，神话传说中为西王母的住所。

佳句背囊

"弱干可摧残，纤茎易陵忽。何当数千尺，为君覆明月。"

出自南朝文学家吴均的《赠王桂阳》。其中"何当数千尺，为君覆明月"二句意思是说，松树长成参天大树，方能御寒遮暑。作者以松树自喻，表明自己的远大抱负，如在合适的位置上，亦能做出一番大事业。同样是托物言志，诗意与"不如种在天池上，犹胜生于野水中"有异曲同工之妙。

本文作者

山悦木兮：山有木兮木有枝，心悦君兮君不知，愿我的文字能够打动你！

耐寒唯有东篱菊，金粟初开晓更清

咏菊

（唐）白居易

一夜新霜著瓦轻，芭蕉新折败荷倾。

耐寒唯有东篱菊，金粟初开晓更清。

◎ 诗临其境

白居易的思想，综合儒、佛、道三家，以儒家思想为主导。"穷则独善其身，达则兼善天下"是他终生遵循的信条。以贬为江州司马为界，之前想要"兼济天下"，施展自己的雄才伟略，被贬后更注重"独善其身"。他的诗通常有感于事，讽喻时政或者借物喻人。这首诗就是自比菊花的坚韧高洁：

气温骤降，夜里寒霜轻轻地附着在瓦上，芭蕉和荷花无法抵挡住严寒，有的干脆被折断，没有折断的看起来也歪歪斜斜，看起来破败不堪。只有篱笆旁边的菊花，在寒冷中依然挺立，金黄色的花朵在清晨开放，更多了一丝清香。

◎ 一句钟情

"耐寒唯有东篱菊，金粟初开晓更清。"

通过细节描写强调菊花的坚韧高洁。

菊花与芭蕉、百合都是"一夜新霜"后的景色，但是衰败与开放形成鲜明的对比，更突显菊花的难能可贵。

"金粟初开晓更清"具体描写了菊花经过寒霜初开放的景色。"金粟"形容菊花；"晓"指破晓，清晨；"清"指清香，与前文交相呼应。

形容菊花在严寒中傲然而立的难能可贵，也暗示自己境遇艰难。菊花能够在这种环境中开放，散发出清香，人也要在艰难的境遇中，坚守初心，坚忍不拔。

◎ 诗歌故事

人淡如菊，是君子追求的最高境界。

毕竟顺遂的人生像是一种侥幸，艰难的境遇才是一种常态。在得失中，能不能看清繁华的喧闹与繁华落尽的寂寥，是能否从容淡定面对人生的关键。用超脱的心态面对尘世喧嚣，难能可贵。艰难的境遇中，很多人会放弃，会苟且，也有人像菊一样不同流合污，傲然挺立于世，还能散发出自己的能量，给别人带来希望。自己心中的火种不破灭还能感染到别人，内心一定非常强大。

人淡如菊，是一种平和执着，不是我心已死的无所谓。"我心已死"已然对事物没有任何的期待，心中也是茫然一片，再没有星点火光。而"人淡如菊"指的是洒脱面对外界名利，内心依然有光，有坚守，有为之执着的一片地方。这是一种选择，而不是一种无奈。

生活终将归于平淡，只有看透繁华的人，才更能守得住自己，不在繁华中迷失，不在繁华落尽时承受剧烈落差。平淡通常都意味着平平无奇、随波逐流，刻意追求激情容易出错，有了坚守和执着，让平凡的一切有了新的意义。

不管什么样的境遇都能够坚守自我、不同流合污、从容淡定，才是君子的至高追求。

佳句背囊

"露湿秋香满池岸，由来不羡瓦松高。"出自唐代诗人郑谷的《菊》。这首诗全篇没有一个"菊"字，但通篇没有离开对菊的描写。夸赞菊花虽生长在沼泽低洼之地，却毫不吝惜地把它的芳香献给人们，表达菊不慕荣利的高尚气节。

本文作者 ————————————————

周八的瑶琨，速百读签约撰稿人，文史、泛情感领域作者。

明月好同三径夜，绿杨宜作两家春

欲与元八卜邻，先有是赠

(唐) 白居易

平生心迹最相亲，欲隐墙东不为身。

明月好同三径夜，绿杨宜作两家春。

每因暂出犹思伴，岂得安居不择邻。

可独终身数相见，子孙长作隔墙人。

◎ **诗临其境**

"元八"，即元宗简，家中排行第八，和白居易是好朋友，两人交往二十年，友情不减。

唐宪宗元和十年春，白居易和元八都在朝廷做官，元八在长安升平坊买了个宅院，作为好朋友的白居易前去祝贺，写了这首诗赠送，希望能和元八做邻居。

白居易非常热情地写道：

你我的心境最为相通，喜欢自由不愿受拘束。如果我们做了邻居，明月就会照在两家的小路上，绿杨的树荫也会映在两家的院子中。

一个人暂时出去都想着找一个好伙伴，要想安居乐业，哪能不选个好邻居哪？如果我们两人做了邻居，就可以经常见面，子孙后代也可以一直做邻居。

◎ 一句钟情

"明月好同三径夜，绿杨宜作两家春。"

这句诗，写得委婉、隽永，"三径"与"绿杨"虽然是典故，但和景物融合到了一起，浑然天成，展现了诗人高超的语言才能。

在诗人眼中，明月、绿杨、春色，这些美好的景致，不能没有好朋友的相伴。明月下，好朋友可以吟诗作画、赏鱼观花，在美景中，热烈交流，陶冶情操。

我们可以从这句诗中，认识到有个志同道合的朋友是多么宝贵，我们在羡慕诗人的同时，也希望自己能够拥有真诚相待、互相激励的友谊，来滋润我们的心田。

◎ 诗歌故事

西汉末年，兖州刺史蒋诩志向高洁，不满王莽专权篡位，回乡隐居，在庭院中开了三条小径，只和一样避世隐居的羊仲、求仲二人来往。"三径"后为隐居避世之典。

南齐尚书郎陆慧晓和张融两家比邻，中间有一水池，水池中间有杨柳二株。因为二人都是名士，所以有人说：池水甜美如甘泉，杨柳珍贵如楠木。"绿杨"后为高士结交之典。

中国科学院院士、诺贝尔物理学奖获得者杨振宁，和"两弹元勋"邓稼先之间长达半个世纪的友谊，一直是中国科学界的美谈。

中学时代，他俩就读于北京崇德中学，杨振宁的成绩在班里名列前茅，邓稼先非常喜欢和杨振宁交往。在杨振宁的帮助下，邓稼先在数学和物理方面的天赋开始展现。下课后，两人形影不离。

1940年日寇侵袭，邓稼先和姐姐跋涉千里终于到达了云南。当年夏天邓稼先考入了西南联大物理系。此时，杨振宁已经是大三的学生了，在他的悉心指导下，邓稼先的学业进步很大。邓稼先对姐姐说："振宁兄是我的课外老师。"

抗战胜利后，杨振宁到美国芝加哥大学物理系，攻读博士学位。邓稼先毕业后，在北京大学物理系任助教。在杨振宁的帮助下，1948年邓稼先到美国普渡大学攻读博士研究生，两人常常见面，交流学业心得，以及国家的未来。

1950年8月邓稼先获得了博士学位，当时只有26岁，人称"娃娃博士"。同月回国后，邓稼先受命秘密参加中国第一颗原子弹的研制工作，从此隐姓埋名，与世隔绝。原子弹和氢弹的爆炸成功，极大地振奋了民族精神，邓稼先也成了"两弹元勋"。

改革开放后，杨振宁和邓稼先继续着他们的友谊，共同为祖国的核物理事业培养后备人才。

无障碍阅读

心迹：心里真实的想法。
墙东、三径：指隐居之地。
岂得：怎么能。

佳句背囊　"青山一道同云雨，明月何曾是两乡。"
出自唐代诗人王昌龄的《送柴侍御》，意思是：两地的青山同受云雨的滋润，我们同在一轮明月的照耀下，哪有分居两地的说法？

本文作者

马宏生：作家，文史学者，临夏州作家协会会员。

晚来天欲雪，能饮一杯无

问刘十九

（唐）白居易

绿蚁新醅酒，红泥小火炉。

晚来天欲雪，能饮一杯无？

◎ **诗临其境**

　　人在回忆过往的时候不免想起当时的朋友，如果他们还能够陪在身边当然是一大幸事。诗中的刘十九是白居易在江州时的朋友，那时正是白居易被贬出京的时候，事业受到打击，人生地不熟，这时候的友谊，就显得格外的珍贵吧。

　　所以即使回到了京城，当起了高官，白居易也依然珍惜这位朋友，在一天傍晚，对刘十九发出了这样的邀请：

　　家里有新酿的酒，还有一个暖和的小火炉，外边天色已晚，看着还快要下雪了，要不要来我这寒舍喝一杯呀？

◎ 一句钟情

"晚来天欲雪，能饮一杯无？"

朋友之间的问话就是如此的平淡，经过岁月沉淀的友谊，不需要更多的言语。虽然如此，白居易的这首诗，这一句，依旧展现出了非常高的文学水平。

最明显的是诗中意象的运用。主要意象一共有三个，酒，火炉，还有屋外的雪。这三个意象之间，有着屋内和屋外的对比，在酒和火炉之间也存在着鲜明的对比。酒的畅快，火炉的温暖与屋外的严寒形成了对比；与此同时，酒泛着新鲜的淡绿色，火苗却是热烈的红色，彼此之间有着色调上的映衬，红绿一搭配，屋里温馨欢快的气氛就被烘托了出来，诗的第一句也就完成了它的使命。

这样里外都做好了铺垫，屋内的温暖与屋外的恶劣形成了鲜明的对比，请朋友进屋来喝一杯就成为一个不仅合情合理，更是温馨可爱的邀约，由前三句的铺垫到最后的"能饮一杯无"，过渡得非常自然。

最后一句的结尾也很有意味，像是雪中的一缕春风，轻声细语，润物无声，却又充满着温暖的力量，暖人心田。行文在白居易问完之后戛然而止，留下了无尽的想象空间给读者。此时的刘十九正在何方，他会答应白居易的邀请吗，两人之间的把酒言欢又会是怎样的场面呢？一连串的问题都没有答案，答案藏在每一位读者的心中。

◎ 诗歌故事

白居易晚年隐居洛阳，他埋没已久的关于美的嗅觉也在平淡如禅的生活中慢慢复活。这时候的美不再是少年的阳光，不再是中年的迫切，而是经历过一切的沧海横波之后，于晚年沉淀下来的淡然。

"老来多健忘"，将自己毕生的追求放下，人们才终于享受到了真正的宁静。王安石如是，变法失败，老年丧子，心灰意冷的他放弃了变法也放弃了朝政，走向了山水田园之间，在其中找寻到了自己的样子，做着一个文人应该做的事情，饮茶下棋，吟诗作对，与苏轼和解，相谈甚欢。

白居易，可能亦如是。生在盛唐的诗人几乎毫无例外地有着远大的抱负，或者"致君尧舜上，再使风俗淳"，或者"使寰区大定，海县清一"。白居易一开始也一样，少年致力于仕途，高官显贵，写出的作品也美极。经历过繁华之后，他又让自己回归民间，观察着民间的疾苦和喜乐，将这一切写下来，呈给皇上，希望为他们的生活做出一点改善，这阶段的作品不美，却贵在真实。

到了晚年，或许白居易终于在美和真实之间找到了平衡，重新拾回了对美的感知，这时候的作品，平淡，却让人沉醉，正如他笔下的"新醅酒"。

无障碍阅读

绿蚁：指浮在新酿的没有过滤的米酒上的绿色泡沫。

醅（pēi）：酿造。

雪：下雪，这里作动词用。

无：表示疑问的语气词，相当于"么"或"吗"。

作家介绍

白居易（772—846），字乐天，号香山居士，又号醉吟先生。祖籍山西太原，出生于河南新郑。唐代著名的现实主义诗人，与元稹一起倡导新乐府运动，号称"元白"。曾担任杭州刺史、太子左庶子等官。诗歌题材广泛，形式多样，语言平易通俗，有"诗魔"和"诗王"之称。代表诗作有《长恨歌》《卖炭翁》《琵琶行》等，有《白氏长庆集》传世。

佳句背囊

"柴门闻犬吠，风雪夜归人。"
出自唐代诗人刘长卿《逢雪宿芙蓉山主人》，此句的意境与《问刘十九》极为相似，同样是大雪之夜，同样是独坐寂寥，白居易在呼朋唤友消遣雪夜时光，刘长卿却是在借宿的地方等到了夜归的主人。

"雨中黄叶树，灯下白头人。"
出自唐代诗人司空曙《喜外弟卢纶见宿》，诗作背景是表兄弟之间的拜访，司空曙与卢纶同为"大历十才子"，又兼表兄弟之亲。因此，在司空曙落魄的时候，卢纶的拜访就显得格外的珍贵。萧萧黄叶，雨渐渐沥沥，灯下白发苍苍难掩，构成一幅完整的生活画面，消沉，哀凉。然而"反正相生"，正是这样的悲哀，才越发地凸显出卢纶来访时的喜气。

本文作者 ————————————————————————————————

顾无：一位热爱诗词和写作的大学生。

几岁开花闻喷雪，何人摘实见垂珠

柳州城西北隅种柑树

（唐）柳宗元

手种黄柑二百株，春来新叶遍城隅。

方同楚客怜皇树，不学荆州利木奴。

几岁开花闻喷雪，何人摘实见垂珠。

若教坐待成林日，滋味还堪养老夫。

◎ **诗临其境**

公元815年，柳宗元再次被贬到广西柳州。这一年，他43岁。

被贬蛮荒之地，远离朝堂，让柳宗元的心逐渐冷下来。在柳州城西北角，他种了一大片柑树，借此打发时日。此时，柳宗元写了一首诗，表达不平静的内心，这首诗看似平淡，却暗蕴波澜，细读能够体会到柳宗元"寄至味于淡泊"的诗风，也能窥见他在孤独绝望中自我开解的人生态度。

柳宗元在柳州城西北角，亲手种植了二百株黄柑，春天到来，黄柑树发出新芽，一片青翠，长势茁壮，让诗人倍感欣喜。看到黄柑生长茂盛，他不禁发出幽古之思考：自己像被贬谪的屈原喜欢橘树一样，喜爱黄柑旺盛的生命力和"秉德无私"的高洁情操；三国时候丹阳太守李衡，想给子孙留下大片橘树作为财产，但是柳宗元对这种"利木奴"（以木牟利之人）却嗤之以鼻。等到黄柑开花结果，那洁白的花朵一定会如雪花喷溅，累累果实也一定像珍珠一样饱满圆润，但是他能看到花开结果吗？柳宗元对此报以殷切的希望。虽然返回长安之日，遥不可及，但是能有大片柑林陪伴，靠黄柑聊养残生，或许也是孤独中的些许安慰吧。

柳宗元此时内心是压抑且沉闷的。远离庙堂，独处蛮荒，大好年华在此消磨，虽然借黄柑开解自己，但是其中心酸滋味，却苦涩绵长，久久不能散去……

◎ 一句钟情

"几岁开花闻喷雪，何人摘实见垂珠。"

这一句的妙处，在于两点。

其一，诗中用字极为精到。黄柑花开，以"喷雪"形容，就写出黄柑花开灿烂、蓬蓬勃勃之意，也写出黄柑坚韧顽强的生命力；而结实，用"垂珠"，既写出黄柑果实累累的形，又写出它集天地精华、圆润饱满的神采，同时也渲染出作者充满希望和快乐的期盼。

其二，虽然柳宗元对黄柑的花开与结果抱有殷切的希望，但是作者内心却游移不定，故而"几岁""何人"即点出这种花开灿烂、结实丰硕的场景乃是出于作者的想象。想象的热烈正好反衬他此时的孤独和寂寞，何时能花开如雪，谁能看到果实如珠？自己能等到黄柑开花结果那一天吗？开花结果固然可喜，难道作者真要在此蛮荒之地长久滞留吗？

因此，这一联看似热烈绚烂，其内核却游移悲苦，将柳宗元内心的矛盾和希望一齐写出，值得细细品读。

◎ 诗歌故事

柳宗元是河东柳氏的后裔。他出身豪门，自幼又身负才名，是"人中龙凤"，他又自负甚高，31岁就担任监察御史里行，可谓是前途一片光明。

因此，从小经历过藩镇割据战火的柳宗元，在长安就与王叔文等一批有志于改革的年轻人团结在一起，图谋改革，是为"永贞革新"。但是在新皇帝的人选上，他们与当时的太子李纯起了激烈冲突。唐宪宗李纯即位后，王叔文改革集团迅速被彻底打压。柳宗元自然也就首当其冲，而被屡次贬谪。

柳宗元为何要种黄柑？首先当然是，此地气候风土适合黄柑生长。但是，应该看到，"橘树"在传统文化中有特别的含义。屈原在《橘颂》中写橘"闭心自慎，终不失过"。橘在屈原心中就像坚贞不渝的国士，虽然地处蛮荒，但是内心高洁自持，保留着坚贞和忠诚的品质。"深固难徙，廓其无求，苏世独立，横而不流"，既是屈原性格的写照，也是柳宗元内心世界的表露。

黄柑蓬勃生长，作者内心非常欣喜。所以结句说"若教坐待成林日，滋味还堪养老夫"。看着亲自种植的黄柑蔚然成林，也能靠它来养老，这何尝不是一种乐趣呢？

作者被贬柳州，不知何日才能够回到长安。而"坐待成林"其实暗含一种担忧，恐怕此生他不能够回到长安了，此中"滋味"或许不是甜蜜，反而是苦涩了。

黄柑生于南国，"受命不迁，深固难徙"；而作者久处蛮荒，也像黄柑一样适应了此地的风土气候，但是作者的内心呢？柳宗元仍然希望能够回到故土，希望能够发挥他的才能，但是他像黄柑一样被弃之南国，还会有出头之日吗？

虽然他内心像屈原一样高洁坚贞，不慕名利，不屑争斗，但是此刻，陪伴他的唯有一片柑林。此中的孤独与压抑，仍然在平淡诗句中郁结不散。因此，这首诗"外枯而中膏，似淡而实美"，就像一枚橄榄，愈品读愈有味。

值得一提的是，四年后，即公元 819 年，柳宗元因病在柳州去世，享年仅仅 47 岁。而那一片柑林，仍然蓬勃茁壮，生生不息……

无障碍阅读

楚客：指屈原。

皇树：《楚辞·九歌·橘颂》："后皇嘉树，橘徕服兮。"后以"皇树"为橘树的代称。

利木奴：木奴是以柑橘树拟人，一棵树就像一个可供驱使聚财的奴仆，且不费衣食。后以木奴指柑橘或果实。

作家介绍

柳宗元（773—819），字子厚，河东（现山西运城永济一带）人，"唐宋八大家"之一，唐代文学家、哲学家、散文家和思想家，世称"柳河东"。

佳句背囊

"桃花浅深处，似匀深浅妆。春风助肠断，吹落白衣裳。"这首诗是唐代诗人元稹的《桃花》。桃花朵朵盛开，那或深或浅的颜色，好似美貌姑娘面容上浓淡相宜的薄妆，让人心怡。可无情的春风却将那美丽的花瓣吹落于我的白衣之上，这让人情何以堪啊！

这首诗写桃花的柔美，与柳宗元写黄柑的开花结实，各有其妙，可以对读。

本文作者

六不和尚，自称"王和尚"，河南郑州人，"85后"诗词爱好者，学诗15年，最喜杜甫诗。自称"看多世态须沉醉，吟入天真或解愁"。个人公众号"六不和尚"。

圆满光华不磨莹，挂在青天是我心

众星罗列夜明深

（唐）寒山

众星罗列夜明深，岩点孤灯月未沉，

圆满光华不磨莹，挂在青天是我心。

◎ 诗临其境

这是唐代诗僧寒山的禅诗。大意是：

夜空中，群星闪耀，未沉的月亮在山岩之上，如同一盏明灯。月亮的光明圆满本来具足，无须人工研磨，我的心就像这挂在天上的月亮一样。

月亮在佛教中有特殊意义，《佛说月喻经》中，佛陀借助月亮的殊胜来讲法。因此，很多诗僧通过吟咏月亮来明心见性。

◎ 一句钟情

寒山所说的"圆满光华不磨莹，挂在青天是我心"，是用月亮比喻自己内心的圆满。马祖道一曾说："道不用修，但莫污染。"意思是，我们的佛性，我们真正的心，本就一切具足，只不要再去把它污染就行了。寒山所说的"圆满光华不磨莹，挂在青天是我心"，正是此意。

这句诗用月亮来比喻自己内心的单纯自然，无须添饰，是对本真的追求，让人有豁然开朗之感。最单纯的东西，才是最高贵的。

高僧禅心，正如明月，不为俗尘污染，也难被世人理解。作为一名落魄游僧，寒山能写出这样的诗句，表明了他坦然的自信和超然的智慧。

◎ 诗歌故事

唐朝诗僧寒山，曾是长安城里富家秀才，矮小丑陋，考科举又屡次落第，曾两次结婚，都被妻子抛弃，心灰意懒后，跑到天台山一个称为"寒岩"的地方隐居。

他在天台境内的国清寺里，吃僧人们的剩饭过活。他头戴桦树皮做的帽子，以破衣遮体，脚踩木屐，还时常装疯卖傻，有时在廊下独自踯躅，有时叫嚷着开玩笑，有时又独自望空谩骂，为此常遭到僧人们的欺侮和打骂。

在国清寺隐居期间，寒山不断把自己的感悟转换成文字，随手写在山崖石壁上，这首诗便是其中一首。

虽然他从未得到过出家度牒，算不得是正式的和尚，但是向佛的超然物外之心，已远胜过那些每天勤于念经打坐的人。

寺庙僧众大多是俗眼看人，难以接受他的思想和行为。在凡人看来，无论是世俗追求方面还是出家修行方面，寒山都是个不被认可的另类，是个失败者。

在某个清冷的夜晚，寒山又一次被国清寺的僧人们用棍棒赶出了寺院，独自在山间徘徊，此刻的他，抬头望见了山间的一轮明月。在群星闪耀的夜空中，那唯一的明月是那样光华璀璨、与众不同。

凡尘是污浊的，而明月脱离了凡尘，所以她是如此纯净晶莹。

夜空是黑暗的，闪烁的群星如同心怀叵测的小人，只顾自己那一点微光。唯有明月拒绝与群星为伍，也拒绝沉沦于黑暗，它光华四溢，高挂山岩，如同孤灯，指引着夜行的人。

这让寒山想到了自己，虽然远离了尘嚣，他在出家人中也依旧不被理解、不受欢迎。但是他知道，自己的内心就如同明月一般圆满光华，坦白磊落。

这"不磨莹"，有两重意思：一是自己本具佛心，无须刻意修行，是"不磨而莹"；二是说自己虽然饱经忧患、一生坎坷，却并未因此消磨掉原本的信心和锐气，就如高天明月，依旧圆满完美，"不因磨损而不莹"。

人世间的磨难，怎么能伤害圆月的光华呢？

一念及此，寒山便忘却了自己的饥寒交迫之苦，又像个天真的孩子一样高兴起来。他取出随身携带的秃笔，呵开冻墨，借着莹润如自心的明亮月光，在山岩上信笔写下了这首传诵千古的禅诗。

无障碍阅读

磨：研磨。
莹：发出莹润的光泽。

作家介绍　　寒山，生卒年不详，唐代著名诗僧，字、号均不详，长安（今陕西西安）人，寓居浙东天台山。

佳句背囊　　"菩萨清凉月，常游毕竟空；众生心垢净，菩提月现前。"这是《华严经》中的一首偈（jì）子，将佛法比喻成圆满清凉的明月，只有当众生的心灵去除了世俗污垢，才能真正了悟佛法。寒山诗中说自己的心如同明月一般圆满晶莹，说明他已经了悟。

本文作者

凭栏翠袖，网络作者，对文学、诗歌、传统文化有较多研究，尤其在《红楼梦》品读方面心得甚多，广受欢迎。在今日头条、一点号和简书都有账号，自创公众号"凭栏望远"。

山月不知心里事，水风空落眼前花

梦江南·千万恨

（唐）温庭筠

千万恨，恨极在天涯。

山月不知心里事，水风空落眼前花，摇曳碧云斜。

◎ **诗临其境**

　　这首词是晚唐文学家温庭筠的作品，以闺中怨妇之口，展现了少妇苦苦等待久久未归丈夫的失望与痛苦之情。同时也暗藏自己怀才不遇，遭受达官贵族排挤的悲凉无奈之情。

　　恨意千万，如丝亦如缕，飘散到了遥远的天边。

　　山间明月，不知我的心事，绿水清风，鲜花独自飘落。

　　花儿零落时，明月不知不觉移到碧云之外。

◎ **一句钟情**

　　"山月不知心里事，水风空落眼前花。"

此句以物拟人，读者感其情，吟者动其义。

将山中明月、水上清风拟人化，明月无意，不解我心之忧，清风无情，拨乱眼前之花，勾起离情别绪，实属可恨哉。

短短一句话，仅十四个字，便让人看到其所恨、所感、所悲、所伤之事，让读者不经意间与作者产生共情，谓之名句，当之无愧也！

◎ 诗歌故事

温庭筠本是名门之后，到了他父亲那一辈，家道中落，且他自幼丧父，容貌丑陋，幼年日子不好过。

所幸上帝给你关上了一扇门的同时，会为你打开一扇窗，他虽貌丑，可才华横溢，八次叉手，一篇数百字的赋便可完成，考官惊为天人。

才华虽好，可他却始终没有登科及第，与之同期的平庸之辈，都已入仕为官，他却还只是布衣一个，因为他得罪了当朝宰相令狐绹。唐宣宗喜欢《菩萨蛮》，令狐绹为了讨好皇帝，就让温庭筠为他代笔。他帮忙写了十四首《菩萨蛮》，皇帝看了大喜，称赞不已。

令狐绹请温庭筠代笔的时候，千叮咛万嘱咐，不能告诉别人是他帮忙代笔的。如果温庭筠做到了，享不尽的荣华富贵，入朝为官，升职加薪，也轻而易举，唾手可得。

谁知道温庭筠转头就把这些事说了出去。在他心里，纵使你是高高在上的宰相，却不过是徒有其表，外强中干罢了，他打心眼里瞧不上。得罪了当红权贵，自然是入仕无门了，可惜可叹。

或许这个就是文人的孤傲，文人的风骨。温庭筠心中有着自己的一根杠杆，支撑着他骄傲地对抗权贵。他回到长安，连续几年，不断参加科举考试，扰乱考场纪律，免费帮人答题，最多的一次，连着帮了八人考试，别人纷纷中举，唯有他还是名落孙山。

正如他自己词里写到的"山月不知心里事，水风空落眼前花"，尔等权贵，既不懂欣赏我的才华，那就用自己的实力，成为夜空里绚烂的烟花。

所幸的是，后来的他遇到了伯乐，成为国子助教，主持秋试，为了显示公平公正，他把当时入选的文章全部张贴了出来，轰动一时，惹怒宰相杨收，贬为城尉，不久病故。

温庭筠的一生，放浪形骸，不拘一格，瞧不起权贵，看不惯科举考试之中的暗箱操作，得罪了诸多豪门，可他仍旧我行我素，坚持做心中的自己，活成自己想要成为的人。这一点，当真让人佩服，颇有李白"安能摧眉折腰事权贵，使我不得开心颜"的骨气。

我们做人做事，也得有自己心中的一杆秤，这杆秤平衡着善恶美丑，衡量着人性。不管如何，都要坚守心秤的平衡，活成自己想要的样子，少年赤子心，万不可被消磨侵蚀。

无障碍阅读

恨：离恨。
天涯：天边，指思念的人还在遥远的地方。
摇曳：摇荡、动荡。

作家介绍

温庭筠（约801—866），字飞卿，本名岐，太原祁县（今山西祁县）人，是唐初宰相温彦博后裔，晚唐著名诗人、词人。他文思敏捷，能八叉手而成八韵，所以人称"温八叉""温八吟"。他一生坎坷，又恃才放旷；诗文俱工，诗与李商隐齐名，合称"温李"；词与韦庄并称"温韦"，被后人尊为"花间词派"鼻祖。

佳句背囊

"妆罢低声问夫婿，画眉深浅入时无。"
出自唐代诗人朱庆馀的《闺意上张水部》，作者以新妇自比，以新郎比张大人，公婆比主考官，同样是借闺中妇人的内心情绪与渴望，来表达自己的才华是否得到朝中贵人认可的期待，与"山月不知心里事，水风空落眼前花"有异曲同工之妙。

本文作者

朴玄，山中布衣，愿以字为马，驰骋文场，盼一壶酒，一支笔，说世间英雄，论千古风流人物，道百味人生。

着意闻时不肯香，香在无心处

卜算子·兰

（北宋）曹组

松竹翠萝寒，迟日江山暮。幽径无人独自芳，此恨凭谁诉。

似共梅花语，尚有寻芳侣。着意闻时不肯香，香在无心处。

◎ **诗临其境**

曹组是北宋词人，他的词并非高雅之风，俚俗浅近的表象下，是看破虚妄的存在，曾被传唱一时，却因"侧艳"和"滑稽下俚"，被世人诟病。

明珠蒙尘，曹组不禁发出感慨：

松竹和翠萝浸没在春日黄昏的寒气之中，幽静的小路上，兰花独自开放，却难以诉说无人欣赏的遗憾，似乎只有梅花才可共语，也许会有探寻芬芳的同路人吧？幽兰花香刻意闻是闻不到的，不经意间才会沁人心脾。

北宋灭亡后，南宋词坛兴起了复雅浪潮，曹组的词遭到了摒弃，留存下来的 36 首收录于《全宋词》，这或许不是他最具代表性的作品，却是其思想性和艺术性的见证，即便不被欣赏，他仍专注、执着耕耘，不以外界的变化为转移。

◎ 一句钟情

"着意闻时不肯香，香在无心处。"

这句词在笔调、情韵上，与柳永词有异曲同工之处，让人感受到曹组的潇洒不羁，随性自然，又隐隐透出一种顾影自怜、知己难寻的苦闷。幽兰的芳香只能被无心领略，托花言志，抒其高洁之怀，隐喻曹组对出世的向往。

◎ 诗歌故事

据《碧鸡漫志》记载："政和间，曹组元宠……每出长短句，脍炙人口……闻者绝倒，滑稽无赖之冠也。"宋徽宗赏识曹组，是因他们有共通之处。宋徽宗生活奢靡，在艺术上却有很高的造诣，不仅擅长绘画，还开创了"瘦金体"，笔法凌厉，独具风骨。而曹组获称"文章之士"，其作品新颖别致，浑然天成，将词风从凝重死板的束缚中解放出来，境界非常人所能体悟。

让人想起株式会社山月夜社长、资深技术专家郭宇，28 岁实现财务自由，过起了"退休旅居"的生活，致力于打造品牌温泉旅社，朝着职业作家的梦想行进。很多人都跑来打探他赚了多少钱，讨教如何拥有前瞻性眼光，他都一笑而过，淡然处之。

其实，素心人就会注意到，他一直在砥砺前行，手握锉刀打磨自我，才得以绽放异彩。高考之后，他便开启了编程的大门，在同学们睡觉、追剧、打游戏时，他在默默学习写代码，熬过了太多自我动摇、焦头烂额的夜晚，终于在大三时拿到了阿里的 offer，又辗转进入字节跳动，工作六年，在项目中吸取失败的教训，也体味着成功的喜悦，靠着认知与技能，换来了广阔的自由，他的每一步都踩在时代的节点上，长风破浪，伤痕累累也在所不惜。

那些蜂拥而至的人终将散去，他们只钦羡于世俗的所得，却忽略了取安心之道者，不在于反对名利，而在于欲望的止息，见及生命的丰盈，会选择悠闲雅致的生活。

向内认知，探寻真实的自我，向外行走，建立深层的连接，清醒看到两者的边界和融合，而后在瞬息万变的时代里，波澜不惊，永葆热忱。

无障碍阅读

迟日：和煦的春日。
芳：香气。

作家介绍

曹组，北宋词人，生卒年不详，字元宠。颍昌（今河南许昌）人。深得宋徽宗宠幸，奉诏作《艮岳百咏》诗。约徽宗末年去世。

佳句背囊

"且夫芷兰生于深林，非以无人而不芳。"
出自《荀子·宥坐》，与"着意闻时不肯香，香在无心处"气质相近，香草和兰花虽生长在茂密的深林中，却不会因无人欣赏不再开放，失去馨香，赞誉一种坚守，面对人生沉浮时，能够博学笃志，不忘初心。

本文作者

舒容说：我们要了解人间，先要看清众生的眼睛。

何须浅碧轻红色，目是花中第一流

鹧鸪天·桂花

（宋）李清照

暗淡轻黄体性柔，情疏迹远只香留。

何须浅碧轻红色，自是花中第一流。

梅定妒，菊应羞，画阑开处冠中秋。

骚人可煞无情思，何事当年不见收。

◎ **诗临其境**

因为政治原因，女词人李清照与丈夫赵明诚离开首都汴京，来到山东青州，在这里居住了十多年。

这段时间，是李清照最顺遂、幸福的时光。他们远离功名利禄，在山清水秀、民风淳朴的青州过起隐居生活。

这段幽静的时光里，我们仿佛看到了女词人在归来堂烹茶、看书。金秋时节，飘来阵阵花香，于是她看着院中的明黄色身影低语着：

淡黄色的桂花体态轻盈,在幽静处不惹人注意,只留下香味。不需要名花的红碧颜色,桂花已经是花里最好的了。

梅花都要妒忌它,菊花迟迟未开也要感到羞涩。在院子的护栏里,桂花悄然绽放,飘香数里,它就是中秋里的群芳之冠。

可叹屈原对桂花一点情思都没有,不然为什么在《离骚》里赞美了那么多的芳草、鲜花,独独没有提到桂花呢?

◎ 一句钟情

"何须浅碧轻红色,自是花中第一流。"

这一句夸赞桂花的美是独特的、最好的。在百花之中,有许多花都以娇艳的颜色取胜。唯独桂花一副娴雅姿态,不争不抢。它虽没有浅碧轻红的颜色,但它内在的香气袭人,令人赏心。

"何须"二字如此果决,"自"又如此肯定。桂花的美,在词人心中毫无疑问是第一流的。正是词人寄托了如此大的情感,才让这句词尤为美丽,也让人读起来就被桂花的品性所打动。

这种美丽,不是停留在表面,而是深入到其内里特质。

这样的夸赞,是桂花应得的赞美。

◎ 诗歌故事

据宋代王灼的《碧鸡漫志》记载:"易安……自少年便有诗名,才力华赡,逼近前辈。在士大夫中已不多得。若本朝妇人,当推文采第一。"

李清照少年时期，便是有名的才女。她的父亲李格非，是当时的礼部员外郎。据传李清照曾参加过宋徽宗时期的选秀，但落选了。所以传言她的外表，不是当时宋朝时期的"美"的标准。

但她的才华打动了一个人，就是她后来的丈夫赵明诚。据说两人还未婚配时，曾见过一面，对彼此都有好感。

元代的《琅嬛记》里记载了这么一个故事，是说有一日赵明诚做了一个梦，去向父亲禀报。他说他梦到了一本书，书里有三句话："言与司合，安上已脱，芝芙草拔。"他不知其意，想请父亲为他解答。

父亲告诉他："言与司合"是"词"字；"安上已脱"是"女"字；"芝芙草拔"是"之夫"；意思是"词女之夫"，说他将娶一个才女。

不知是赵明诚暗示父亲为他安排娶李清照，还是其他原因。但无须怀疑，赵明诚是非常欣赏李清照的才气的。

李清照就如这"花中第一流"一样，被她的丈夫所赏识。

我想每个人都像"桂花"一样有其独特的地方，一旦遇到一个人，像李清照对桂花，像赵明诚对李清照那样，你就是那个人心中的"花中第一流"。

我们在成长的过程中不应随波逐流，大众的审美观如何，不是我们应该考虑的，每个人应该将属于自己的特性保留。

如果"桂花"也学其他花那样"浅碧轻红",注重悦目,那么,它便不是那个让人心中无法放下的存在了。

做好你自己,也许就是桂花想要告诉我们的道理。

无障碍阅读

鹧鸪天:词牌名。

画阑开处冠中秋:化用李贺《金铜仙人辞汉歌》的"画栏桂树悬秋香"之句意,谓桂花为中秋时节首屈一指的花木。

骚人:指屈原。

可煞:疑问词,犹可是。

佳句背囊

"西风寒露深林下,任是无人也自香。"

出自明代薛纲《题徐明德墨兰》,这句诗歌咏兰花不争奇斗艳,纯洁高傲的品性。在寒风凛冽的深山里,没有人欣赏也能自己散发芬芳。

本文作者

年锦瑟,爱好写文,向往诗意的田园生活。欢迎大家关注我的今日头条号"年锦瑟"。

千片万片无数片，飞入梅花都不见

咏雪

（清）郑燮

一片两片三四片，五六七八九十片。

千片万片无数片，飞入梅花都不见。

◎ 诗临其境

郑燮即郑板桥，是清代著名的文人，以诗文、书法、绘画"三绝"闻名于世。他把绘画、诗文、书法结合在一起，达到了"诗是无形画，画是有形诗"的境界。比如这首《咏雪》，可以说用词遣句极为简单，没有一个生僻字也没有用一个典故，哪怕读给三岁孩童也能完全听懂本诗的含义，许多人甚至直接把这首诗当作打油诗这种不上大雅之堂的诗词类型。

但是这首咏雪诗又是绝妙好诗，妙就妙在全诗没有一个"雪"字，读完全诗每个人脑海中都能呈现出一片大雪茫茫，雪中一枝寒梅傲然凌雪的画面来。

本诗可以说是"诗是无形画，画是有形诗"这一境界的绝好验证。

◎ 一句钟情

"千片万片无数片，飞入梅花都不见。"

这首诗极为简单，开篇就从数雪花开始，从一片两片三四片一直数到九片十片，千片万片无数片……可以说前三句如同一个懵懂幼儿初见雪，在牙牙学语之时的呓语。如果一个普通人写出这样的诗词来，肯定要贻笑大方了。

但是妙就妙在最后一句"飞入梅花都不见"。

这一句堪称点睛之笔，马上让重复啰唆的前三句打油诗活了过来，直接把诗词的意境都提高了一个境界，真可以说是妙笔生花。

诗中没有一个"雪"字，但是每一个字又说的全是雪。而且全诗先抑后扬，最后点睛之笔意境悠远，只一句便进入咏雪佳作之列。

◎ 诗歌故事

关于这首诗，还有一个有趣的故事。

传说一生写诗四万首的乾隆皇帝一日看到大雪纷飞，于是诗兴大发，口占咏雪诗一首，前三句分别是：

一片两片三四片，

五六七八九十片。

千片万片无数片……

然后到第四句卡壳了，乾隆哪怕品位再差，也知道这三句根本不能算一首诗，于是沉吟许久。

而恰好旁边跟着著名的大才子纪晓岚。纪晓岚一看，马上灵机一动，替乾隆皇帝续上了第四句："飞入芦花都不见"。

正在苦思的乾隆听到这一佳句顿时圣心大悦。

但是故事归故事，这首诗的作者并不是纪晓岚或者是别的什么大才子，而是扬州八怪之一的郑燮。

作品虽然开始时以简单、诙谐、有趣的成分居多，却在诗词结尾处出人意料却符合逻辑地提炼出点睛之笔，升华全诗的意境，达到了"诗是无形画，画是有形诗"的水准。

正如王国维在《人间词话》中所说的："文学之工不工，亦视其意境之有无与其深浅而已。"

作家介绍

郑燮（1693—1766），字克柔，号理庵，又号板桥，人称板桥先生，江苏兴化人，祖籍苏州。清代书画家、文学家。进士，做过县令，政绩显著；后客居扬州，以卖画为生，为"扬州八怪"重要代表人物。郑板桥诗、书、画世称"三绝"，是清代比较有代表性的文人画家。代表作品有《修竹新篁图》《难得糊涂》《兰竹芳馨图》等，著有《郑板桥集》。徐悲鸿评价郑板桥："板桥先生为中国近三百年最卓绝的人物之一。其思想奇，文奇，书画尤奇。观其诗文及书画，不但想见高致，而其寓仁悲于奇妙，尤为古今天才之难得者。"

**佳句
背囊**

"一窝两窝三四窝，五窝六窝七八窝。食尽皇王千钟粟，凤凰何少尔何多？"

这首诗据说是清代乾隆年间著名的蜀中才子李调元的《麻雀诗》。从刚开始的顽童数数，直接升华到一个忧国忧民的高尚文人境界。并且直斥其他官吏跟麻雀一般，吃了无数的民脂民膏，却没有一个凤凰一般的人才替国家、百姓考虑。

这一系列的打油诗故事实在太过有名，而且符合老百姓心目中的才子、清官对于贪官污吏的智商上的降维打击，因此各种改编版本极多。

比如这首诗的一个变种就是传说乾隆皇帝和纪晓岚的《百鹅图》的故事。传说乾隆得到了一件《百鹅图》，高兴之下就让群臣欣赏然后作诗留念，结果纪晓岚大才子抢先一步，作了一首《咏鹅诗》："鹅鹅鹅鹅鹅鹅鹅，一鹅一鹅又一鹅。食尽皇家千钟粟，凤凰何少尔何多？"

本文作者

以史为鉴，资深媒体人，专栏作者，文史领域创作者。全网粉丝一百余万，单平台阅读过亿，央视嘉宾。